水戸黄門

上巻

山岡荘八

目次

水戸黄門　上巻

隠者の梅

1

鶯はまだ鳴かない。が、霜の中に、ポツリと梅は笑いだしている。

（春が近い……）

と、思いながら、しかしこの西山荘の小納戸をあずかる杉浦格之丞の心はいたんだ。水戸家の老臣杉浦惣左衛門の三男に生まれ、十三歳のときから光圀のお側近く仕えてきて、二十一歳になっている格之丞には、天下の副将軍の地位をしりぞき、この太田の近く西山に隠棲された老公の心のうちが、どのように春と遠いかがわかるからであった。

世間では老公の隠棲をどこまでも功なり名とげた名君の悠々閑居とみなしている。いや、老公自身の風丰もの腰もまた、そのうわさを裏書きするかに静かであったが、その胸中にははげしい憤りがかくされているはずだった。

老公の隠棲は、いわば決定的な政治面での敗北にほかならない。

京の二条家の姫を母として、家康の孫に生まれた光圀には、祖父の剛健の血と、母方の知性の血とが強烈にうずまいていた。

三代将軍家光に見いだされ、十六、七歳で将軍日光お成りのるす中などにはすでに政務を見るほどの大器であったが、時勢が元禄の世に移っては、かれの剛健さはすでに通用性をなくしていた。

かれが生涯……いや、数代にわたっても完成しようとしている大日本史の編纂（へんさん）も、厳として皇室の尊威を説いているのが幕府の忌むところとなっていたし、華美をいましめる性格は、ことごとに大奥の反感を買ってしまった。

ときどき将軍綱吉をしかりつけるのも面はゆがられたし、その素朴な経済感も時代を知らぬものとして柳沢吉保（やなぎさわよしやす）一派のするどい非難をあびて対立してしまっていた。

そうなると四面楚歌で、家督を譲って野に下らなければ、水戸家そのものの安泰にかかわる事情に追いこまれてしまった。

「腐れ儒者めが、わしが公卿（くげ）出の母の影響をうけて、ご禁裏のとりことなり、徳川家を倒そうとしているなどと、たわけたことをいいふらす……」

ここに退隠してからもまだ続けられている大日本史のことで、ときどき老公はそうもらす。それだけではなかった。この西山荘の近くや太田あたりに怪しい者がまぎれ込むようになったのは、綱吉が柳沢一派とともに計画している貨幣の改鋳に、老公がきびしい反対の意見書を送ってからであった。

そうした事情は、むろん世間にもれてはいない。が、その意味ではこのかやぶきの小閑居は、いま、日の出の勢いの老中筆頭、柳沢美濃守(みののかみ)吉保ばかりか、将軍綱吉までを敵に回して、ひっそりと対立しているかたちなのである。

「おい、だれかおらぬか。茶をひとつ」

森としていた老公の御学問所から声がかかると、格之丞はハッと答えて、急いで茶のしたくにかかった。

御学問所――といっても、それは丸窓に机一つの、簡素をとおり越した三畳間だったが、格之丞が茶をささげてはいってゆくと、老公は読んでいた日本史の草稿から目をはなして、

「鹿が妙な鳴き方をする。気がうごく。外を見てみよ」

しずかにいって、まっしろなひげをしごきながら茶をとりあげた。

2

格之丞は言われるままに御学問所を出るとすぐに外へ出ていった。

老公はその足音を聞きながら、窓にうつる薄日の中の梅に視線を投じたままで、

「わしのような男がそうじゃまになるものかのう」

能面に似た表情で感慨ぶかげにつぶやいた。

去年の秋からことしへかけて、隠密（おんみつ）らしいものが三人、たしかに刺客と思えるものがふたり。

その中には、光圀自身にも、だれの命をうけて来たものか判断できない者すらあった。

光圀が養子としてあとを譲った兄の子、綱条（つなえだ）は、孝心ぶかさにおいてもりちぎさにおいても、けっしてくずれたところはなかったが、しかしまだ政治に明るいとはいいかねる。

近ごろではその綱条までが、柳沢吉保に交わりを求めているかに感じられた。もしそ

うだったらなんという目先の見えないはがゆさであろうか。

柳沢吉保は、いわば将軍綱吉に忠実すぎる幇間にすぎないのだ。水戸家の当主がしかればとて、それにたてつく勇気はない。が、下からきげんをとって出ると、将軍自身のわがままさをそのまま取り次いで困らせてくるにちがいないのだ。

（水戸家の臣でだれがいったい、綱条と吉保の間の使いをしているのか）

ことによると、そうした家中の徒輩までが、この西山荘をじゃまにしだしているのかもしれない。

将軍、じきじきの隠密。

将軍のきげんを取ろうとこれつとめる吉保の刺客。

それにさらに、家中の虫どもまでが、このわしをじゃまにするようになっては……

そこまで考えたとき、

「くせ者ッ！」

と、鋭い格之丞の声が、うしろの竹林のあたりで起こった。

老公はべつにおどろいた様子もなく、立って窓を開こうともしなかった。

苦渋のあとすら見せない面で、しずかに最後の一滴をすすって、

「困ったものじゃ」

と、茶わんをおいた。

これでは天下の民はけっしてしあわせではありえない。天和年間、前将軍家綱のときには、光圀の意見がいれられ、日本じゅう、あげて新田の開発につとめて百姓たちの暮らしはぐっと楽になったはずであったが、それすら今では突きくずされているであろう。

庶民にはきびしい倹約令をしていながら、将軍自身やたらに寺を建てたり、寵臣に恩賞を与えたり、大奥の女たちに前代未聞の華美を許したりしている。その矛盾が苛斂誅求になってこない道理はない。

「申し上げます」

と、格之丞がふすまの向こうにもどってきていった。

「くせ者取りおさえましてござりまするが、じきじきお調べなされまするか」

「おう、会うてもよい」

と、老公は答えた。

「会ってもよいがなわは打つなよ」

「はい。庭の縁そとに引きすえておきまする」

「おう、いたわってな」

老公はそういってから、ふと悲しげに苦笑した。命じられると事の是非はわきまえず、だれの命でもねらってこなければならない人間のあわれさがかなしかったのだ。

「どれ、では会うてくるか」

老公がひざをおさえて立ったとき、前の窓に愛くるしい鹿のかげがかっきりと映っていた。

3

光圀は、松の柱に竹の勾欄（こうらん）、せいぜい大庄屋ほどの構えの座敷の縁へ出てきて、

「くせ者とはそのほうか」

庭先へ引きすえられた男に声をかけた。まだ二十（はたち）になったかならぬか、肩もえりあしもひどく細い。こんなからだでよくもこの西山荘にうかがい寄ってこられたものと、いっそうあわれな気がしてくる。

「そちは何しに参ったのだ。よもや、この隠居を刺しにきたのではあるまい」

　くせ者の両側には、城代家老の中山備前がわざわざ老公の身辺を気づかって付けている塚田郡兵衛（つかだぐんべえ）と、八頭の鹿の世話を引き受けている老爺の作蔵が控えていた。

「これ、ご老公じきじきのお問いじゃ。即答して苦しゅうないぞ」

　縁の上から格之丞がうながした。

　くせ者はそっと顔をあげて老公を見た。その目を見たとき、なぜか老公はハッとなった。

「切れ！」

　と、相手は身をふるわした。

「なまなかな情けなど──だれがよろこぶものか」

「なまなかな情け──情けなどかけようと思うておらぬ。といって、人間ひとりそうたやすく切りもできぬ」

「切れなければどうするのだ」

「これ若者──」

「天下には法がある。そなたはわが隠居家にうかがい寄ったが、まだなんの罪も犯していない。そなたが口をきくのがいやというなら、そのまま門前へ放つまでじゃ」

相手の肩はびくりと大きく波打った。しかし、はげしい憤怒(ふんぬ)の眼はそらさず、

「老公は、ご名君どころか、大たわけじゃ！」

たたきつけるように叫んだ。

「ほほう、なぜじゃな」

「天下に法などあるものか、ない法をあるとして、世を逃げた大たわけじゃ」

「これは手きびしい。わしが逃げたとか」

「そうじゃ。自分の代に取りつぶされるのをおそれ、伯夷(はくい)伝の教えのかげにかくれて、兄の子に亡家の汚名をきせようとする、風上にもおけぬにせ聖者じゃ」

老公は、とっさに返事ができなかった。自分の行為がそのように解される。不本意ではあったがどこかにぐさりと白刃を突きつけられた思いもあった。

老公はしばらく、このひ弱なくせ者の面に凍るふしぎな憎悪を見まもった。

「そうか。するとそちは、このままでは水戸のわが家があぶないといいたいのか」

若者はそれには答えず、またはげしく肩をふるわした。

「逃げるなといっているのだ。不法の世から」

「だまれッ！」

「だまらぬ」

格之丞はそっと刀に手をかけて、はげしい叱咤をあびせた老公を見上げた。老公の目もまたふしぎな光をおびだしている。

（これはいったい、家中の強硬派の回し者であろうか、それとも……？）

と、思ったときに、ふたたび老公の面には、静かな微笑がもどっていた。

「そなたはだれに知恵をつけられて参ったのだ。女の身でよくよくのことであろう。なぜすなおに訴えたいことを口にせぬ」

「えっ、女？」

こんどはくせ者よりも格之丞と作蔵の目が光った。

4

光圀に女と見破られて、はじめてくせ者は面を伏せた。そういえば、肩よりもうなじはさらに哀れに細く、ひざにおいた手甲（てっこう）のかげの指がむざんに小さかった。

顔からえりあしへは何か塗っている。格之丞と郡兵衛が取りおさえるとき、刀も抜き合わさなかったのは、はじめから敵意がなかったからかもしれない。

(そうか。そうだったのか……)

格之丞はようやくふにおちた。これは刺客でもなければ家中の強硬派の回し者でもなく、老公がけっして無為に人を切らぬ仁慈の人と知って、それに甘えた直訴らしい。だが、それにしても、不法な世から逃げるななどとは、なんとまた大きな暴言を吐いたものであろうか。

格之丞はくせ者と老公を見くらべながら、いったいこれを老公がどうさばくかとそれに心をひかれていった。

ただ塚田郡兵衛だけは、はじめから見破っていたらしく、べつにおどろいた様子もない。

女も老公もしばらく無言。

作蔵のすぐうしろに、鶯のささ鳴きが近よった。

「そうか」

と、とつぜん老公はつぶやいた。

「みんながいては言いにくかろう。といって、わしひとりで聞くわけにもゆかぬ。格之丞」

「はい」

「そち、この女を送ってやれ」

「はい。そして何か申すことを……」

「うむ、申したら聞くがよい。申さずば姓名だけをただしておけ」

そういうと、老公はそのままくるりと奥へ消える。

「ほほう、おなごだったのか」

作蔵が、あらためてびっくりしたようにくせ者の顔をのぞきこんだとき、無口な郡兵衛は、黙って玄関のほうへ去っていった。

格之丞は女をうながした。

「老公のおことば、おろそかには聞くな。送ろう。立て」

しかし、女はまだ面を伏せたまま。気がつくと手甲の上に、ポトリと涙をおとしている。

「さ、申したいことがあらば途中で聞こう。立たぬか」

いったん取り上げた両刀を渡してやると、女は悄然と立ちあがった。何を考えているのか、ひざの上をおとそうともしなければ、着くずれたえりもとを直そうともせず、魂のぬけた人のように、桜と桂(かつら)と玉蘭(ぎょくらん)の植えこみを回って、百歩たらずの門までとぼとぼとついてくる。

「おぬしの姓名から先に聞こうか」

答えなかった。

「それも名のらぬとあっては、ここまで参って、あの暴言を吐きちらした意味があるまい」

あらためて見直すと、これは二十どころか十七、八になったかならぬかの娘らしい。

「言うことの理路、あの気魄、武家の育ちとは察せられるが家中の者か」

「…………」

「まあよい。面をあげて空を見よ。大地を見よ。麦がのびたぞ。春も近いぞ。憂(う)いことばかりとは限らぬものじゃ」

格之丞は、相手が自分よりも年下と見てとると、急にこころが軽くなった。老公のあのひろく高いお心をこの娘に知らすには、自分もまた豊かに明るくなければならぬ……

そんな気持ちで、あざやかな緑のしまをつくった麦畑の間を太田の庄へおりだした。

5

「どうじゃ、まだ答えられぬか」

増井川にかけて桃源橋とよんでいる柴橋を渡ると、老公が放ち飼いにしてある鶴がとんできてなれなれしくふたりを見送った。

このあたりには数百株の桃が植えられ、ここから振り返ると金砂山の山尾に建った西山荘は、すでに春がすみをよぶかに見える。

「老公のおことばは、そなたも聞いていたであろう。そなたが何か申したら聞くようにと、申さずば姓名だけをただしておけとおおせられた」

しかし、娘は口を開こうとしなかった。いったん落とした肩をふたたびあげ、まゆのあたりに険しい思案をただよわせてついてくる。

若い格之丞はいらだちはじめた。

かれ自身が老公に心酔しきっているゆえであろう。

（あのお心がなぜわからぬか！）

いや、いまおこってはいっそう心をとざさせる。今しばらくは黙っていよう。それにしてもいったいだれの娘なのか？　と、思ったときに、娘はぴたりと足をとめた。けはいで察して、格之丞も振り返った。

「どうしたのだ。気分でもすぐれぬのか」

娘はそれにも答えずに、

「帰れッ！」

と、また以前のたけった声であった。

「隠者の情け、受けとうない！　帰れッ」

「なんだと」

「帰って老公にいうがよい。千鶴（ちず）という娘の名に覚えがあろうと」

「千鶴――」

「おぬしが考えてもわからぬ名じゃ。送られることなど思いもよらぬ。帰れッ」

格之丞が茫然として、血走った娘のすさまじいまなざしを見返した。

（すると、これは老公のご判断とも違うのだろうか）

老公は、胸にあまった苦悩を訴えにだれかに入れ知恵されて来たものと判断している
らしかった。

もしその判断に誤りがあれば、このあたりで娘は泣いて自分に何か訴えていなければ
ならないはずだった。

「帰れというならば帰らぬものでもないが……」

格之丞はわざとおちつきはらった声で、

「すると、そなたの申した千鶴……というを、そなたの名と思うてよいか」

「知らぬ。老公がご存じじゃ」

「老公は、そなたの姓名をただせよと仰せられた。拙者も聞いてもどりたい」

娘はきゅっと下くちびるをかみしめた。まっしろな前歯がいまにも肉に立ちそうで、
両のこぶしはブルブルと震えている。

言おうか？　それとも言うまいか？

はげしい心の戦いが、格之丞の呼吸までを苦しくした。

格之丞はわざとなごやかな表情で待つ気になった。血走った眼にふたたび涙が盛り上
がり、

(言わずには済まぬ。もう少しだ……)


そんなもろさが、涙の裏に感じられたからであった。

ところが娘は、意外な強さで、格之丞の期待を裏切った。

肉に立ちそうな前歯をかくすと、くるりとかれに背を向けて、

「ばかッ!」

と、空へ一声投げ、そのまま飛ぶように白坂を駆けおりてゆくではないか。

「待てッ!」

格之丞はわれを忘れて五、六歩追った。

が、思い直したように立ちどまって「ウムー」と一声低くうめいた。

6

何か訴えたいことがあるが、しかし他人には話せぬこと——くせ者はそう判断したのにちがいない。見る間に姿は小さくなって、一度もうしろを振り返らない。

「千鶴……」

と、格之丞は口の中でつぶやいて、それからゆっくりときびすをかえした。これ以上追いかけてたずねてみてもむだに思える。いや、そうすることはすでに老公の意志に反すると思ったからだった。

「格之丞、ただいまもどりましてござりまする」

ふたたび机にむかって朱筆をうごかしている老公の、御学問所の廊下に手をつかえると、

「はいれ」

と、静かな声であった。

格之丞は、ひざをついたままふすまをあけて、

「強情な娘にて、途中、一語も話しませぬ。ただ……」

「ただ、なんと申した？」

「老公は千鶴……さまと、申す名ご存じであろうと」

「なに千鶴……」

老公ははじめて筆をおいて格之丞を見返った。

「あの娘の名が千鶴……と申したのか」

「いいえ、それがはっきりいたしませぬ。千鶴というをそなたの名と思うてよいか……とただしました。すると、知らぬ！　と、たけって答えました」

「ほほう」

「そして、そのまま白坂を、あとをも見ずに駆け下っていきました。追いついてもう一度ただそうかと存じましたが、それではかえって……」

「よいよい。そうか、千鶴と申したか……」

老公はふと遠くを見る目でうなずいて、

「下がってよい」

と、静かにいった。

しかし、格之丞が下がっていって炉に炭をつごうとしていると、すぐまた老公は呼びもどした。

「格之丞、いま、何刻(なんどき)であろうかの？」

「は、まもなくひるでござりまする」

「うむ、午(うま)、未(ひつじ)、申(さる)……と、日のあるうちに水戸へ着けよう。では、急いで馬のしたくを頼もうか」

「はい。お城へお出かけでござりまするか」

「うむ。城の中にははいるかどうか、城下まで急の用を思い立った。供はそなたひとりでよい。そなたも馬でまいるがよいぞ」

「はい。では、すぐにおしたくいたします」

格之丞は急いで馬屋へむかいながら、急にはげしい胸さわぎを感じた。

どんなことがあっても狼狽(ろうばい)したり、日課の読書を変更したりする老公ではなかった。その老公が、急に城下へ出かけるという。ただごとではない。と、すれば、いったいさっきの娘は何者であろうか？

千鶴……という名がそれほど老公にとって重大な意味をもつ名だとすれば、老公の身辺をゆだんなく守護する者のひとりとして、自分もまた知っておかねばならぬ気がする。

といって、そうしたことをむきつけに老公にたずねてよいものかどうか。

格之丞が馬をひき出すと、作蔵と郡兵衛がびっくりしたように寄ってきた。

「お出かけか。ご老公が」

「ご城下まで参るといわれる」

「では、拙者もお供せずばなるまい。物騒じゃ」

そういう郡兵衛に、格之丞は手を振った。

「ついてくるのはよいが、見えかくれにな。老公がそうおおせられている」

7

すでにたいてあった昼飯を焼きめしにして、馬の鞍(くら)にむすびつけ、老公と格之丞が西山荘を出たのはかれこれ正午であった。

「格之丞、まだ少し寒いが、しかし外は気持ちがいいのう」

「仰せのとおり、老公、お出かけと知って、だんだん青空がひろがってまいりました」

「じょうずを申すな。わしのような虫一匹に、空が晴れたり曇ったりするものか」

老公はそういって楽しそうに笑ってから、

「格之丞、そなたは吉原(よしわら)を知っていたかな」

「よしわら……と申しますと」

「江戸の吉原じゃ。太夫(たゆう)を買ったことがあるかというのじゃ」

「もってのほか！　さような所へ足ぶみするほど遊惰な男ではございませぬ」

格之丞が気負った声で答えると、

「そうか。わしはたびたび遊んでみた。若いころにな」

何を考えているのか馬上の老公は、目を細めて遠い山脈をながめていたが、

「いま将軍は、弥太郎（柳沢吉保）が屋敷へ成られて、太夫遊びをしているそうな」

「えっ？　将軍さまが太夫遊びを」

「そうじゃ。おみずから吉原にも参られまいで、弥太郎が、天下の美女を諸国に求め、これに源氏名をつけて将軍のごきげんをとり結んでいるそうな。よほどおもしろいものとみえる」

格之丞は黙っていた。老公がどんなにそれを苦々しく感じながらいっているのかがわかるような気がするからだった。

「武骨いっぺんでは政治はやれぬ。それが時勢と申すものであろうが……しかし、下々には年貢も納められずに苦しんでいる者もある」

「ご老公！」

「なんじゃ」

「ご城下まで六里の道、急に思い立ちあって、いったいいずれへいかせられまする」

「行き先か……」

　ふと苦笑に似た笑いをもらし、

「そなたは筆匠の石川玉章を存じおろう」

「はい。朱舜水先生ご在府のおりに、特にお気に入られて水戸に住みついた筆匠とか承っておりまするが」

「その筆匠の家に、ふたりの娘があるのを存じておるか」

「は……いいえ、うわさには聞きましたが」

「まだ見たことはないか。たしか姉は千鶴、妹はお藤と申した」

「姉は千鶴……」

　やっぱりその名が出てきたかと、そっとうしろ姿を見直すと、老公はあいかわらず、遠くへ視線を投じたままでポコポコと馬をすすめている。

「人間にはな、生涯に一度や二度のあやまちはあるものらしい」

「は？」

「わしも、その意味からいえば偽善者だということじゃ。兄をおいて家督をついだ。その罪のつぐないに、兄の子を家督に直し、自分は生涯子を持つまいと、いかにも聖者ぶった生き方を志しながら、ついしくじりをやってのけた……」

　格之丞は老公のことばの意味をとりかねた。すると、千鶴という名に、何か老公がかかわりを持っていると取るべきであろうか。

（たとえば、その娘に、情けをかけたことがあるかどうか?……）

「格之丞」

　と、こんどは老公がしんけんな表情で、若い従者を振り返った。

8

「けさのくせ者がわしをにせ聖者だとののしったが、まことにそのとおりじゃと、みずから恥じる。わしの生涯だけは義を正し、義をふもうと心がけてきたのだが、わし自身の中に住む虫が、ときどきわしに反逆する」

「もったいない」

　と、格之丞はさえぎった。

「老公ほど、ご自身にきびしいおかたはござりませぬ」

「格之丞――」

「はい」

「ことによると、きょうそなたは、わしの醜い一面にふれるやもしれぬ。が、よいか、それはその場かぎりの悪夢と思えよ」

「と、おおせられると、さっきお口になされた千鶴どのとか……もしや何か……」

「かかわりがあるともいえぬし、ないともいえぬ。ないことにして一度始末したことじゃ」

「ないことにして……?」

「さよう。にせ聖者が、さるおなごに心をうごかして、子を産ませたと思うがよい。兄の子を家督と決め、正妻を持つまいと堅く心に誓った男がのう」

「は……」

と、いったが格之丞にはあとのことばがつづかなかった。老公にそのようなことがあろうとは、あまりに思いがけないからであった。

「もしこれが男の子であったら心がうごく。あやまった！　とほぞをかんで、そのままよそにつかわしたが、生まれた子はおなごであった」

「姫が……すると、その姫の名が千鶴さまと……」

「そう思うて、そのままそちも忘れてくれよ。それはすでに二十年近い昔の夢じゃ。いや、それだけではのうて、その子もまたその真実の父は知るまい。あらためて波瀾を招いてはいっそう罪が深うなる。悪い夢……自責の夢……」

老公は自嘲する口調になって、ふとまた格之丞を振り返った。

いつか太田は出はずれて、馬はポクポクと佐竹寺の手前にかかっている。この寺は坂東三十三か所第二十三番の札所で、周囲にこんもりと枝を交えた老杉（ろうさん）の森をもっている。

それを越えると久慈川が行く手に見え、ぐっと視野は開けてくるのだが、今の格之丞には、そうした風景など賞玩している余裕はなかった。

思いがけない老公のざんげが、ひしひしとけさのくせ者につながってゆくのである。

（老公の姫が城下の筆匠に育てられている……）

それだけで若い心の波立ちは納まるところをしらないのに、物に動じたことのない老公が、いまその姫のもとへ馬を急がせているのではないか。

（いったい、これは何ごとが起ころうとしているのか……？）

格之丞と老公の馬が佐竹寺の森を出はずれると老公は、馬にともなく従者にともなくまたつぶやいた。

「えらい苦労をかけるが、もう少し急いでもらおうかの。あの森の行て手、河原の堤などに、どうやらわれらのゆくのを待っている者があるようじゃ」

「えっ？　われらを待ち伏せして」

「あわてなさるな。敵とは限らぬ……ことによると、われらが出向くと知って、さしくばられた中山備前が手の者かもしれぬ」

老公はそういったあとで、こんどは明るく笑ってみせた。

「自分の領内だけは警護がのうても歩けるようにしたいものじゃが」

何におどろいてか行く手の堤のかげからパッと野鴨が群れたった。

美人差立(さしたて)

1

水戸城の本丸、黒書院次の間だった。

一万五千石の城代家老中山備前守(びぜんのかみ)は、江戸在府の現太守、水戸中将綱条(つなえだ)からのさしつかわされた田村小右衛門(こえもん)と向かいあって、いつになく苦りきった表情でひざに扇を立てている。

「主君の命とあればいたしかたがない。が、この備前をさしおいてお身が江戸から到着するまえすでに筆匠がもとへ娘を差し出せと申していった者がある。その者がだれであるかは申さぬが、わしもまだ御用の勤まらぬほど年はとっておらぬと、江戸家老に伝えてもらおう」

中山備前守は、先代の光圀(みつくに)時代から国表にあって、るす中いっさいの政治を取りしきっている。それだけに、田村小右衛門の姿勢には、主君の使者としてけおされまいとする気負いがあふれていた。

「たかがおなごひとりのことゆえ、江戸屋敷での話がもれたものと存じまする」

「したがのう小右衛門、江戸にいながら、よく国もとの町家の娘の器量にまで目がとどいたもの。いったいその千鶴とか申す娘を推したのはだれなのじゃ」

「されば……」

と、小右衛門は微笑して、

「ご城代はお年ゆえお気づきなされますまいが、若侍どもの間では、文字どおり群鶏の一鶴とうわさの的のよしでござりまする」

「その筆匠の娘がな」

「はい。気品といい、器量といい申しぶんなしと、直接それを殿のお耳に入れたのは藤井紋太夫どのにござりましょう」

「あ、あの能役者か」

「しかし、ただいまは御側用人にござりまする」

備前はまた苦りきった表情でうなずいた。

「能役者が主君のそばにあって、将軍家お戯れの相手を献ずる。ご老公が聞かれたら、さぞかしごきげん斜めにわたらせられよう」

「と、おおせられますが、これは当水戸家だけではなく、日本じゅうでの手弱女(たおやめ)捜し。わずかなことで柳沢さまの御意にさからうも愚かなことと」

「よいよい。殿のおおせとなれば口は出すまい。したがこのこと、ご老公の耳にははいらぬように計ろうたがよいぞ」

「その儀はじゅうぶんに」

「たかが町家の娘……というが、ご老公は百姓町人をご禁廷の大御宝(おおみたから)と呼んでおられる。もしご老公のお耳にはいって、さようなことは相ならぬと一喝されたら、あとはひどくめんどうじゃ」

「心得ておりまする」

「が、小右衛門」

「はい」

「ふしぎな世の中になったとは思わぬか」

「それはたしかに……」

「すぐる寛政のころまでは賄賂(まいない)を納めてさえ、武士の風上にはおけぬ者とお役御免になったもの。それがいつからか賄賂は公然の秘密となり、こんどは女までを差し出せと上から下にお命じなさる」

「いいえ、それは上からの命令では」

「命令も同じことじゃ。他家が差し出すゆえ出さねばならぬとなれば、命令以上の悪習じゃ。ただその悪習のうずに、御三家の一、天下の副将軍たるべしと神君に仰せ渡された水戸家までが巻き込まれる……情けないとは思わぬか」

「はっ」

「いや、愚痴はいうまい。では、くれぐれも心してご老公のお耳にはいらぬうちに、そうそう江戸へ連れてゆくがよい」

田村小右衛門はうやうやしく一礼して書院を出た。

2

田村小右衛門は城を出ると人が変わったような気むずかしい表情になっていた。かれにしても国表まで柳沢の屋敷へ差し出す女中捜しの使者に来るなど、心外このうえなかった。

骨のある武士の命じられることではない。

内々に奉公をお請けさせ、さりげなく西山荘へおもむいて、ご老公のごきげん奉伺に来た体にして引き揚げるつもりだったのが、めざす娘の父、筆匠の石川某ががんとして、

「――姉娘は困りまする」

すでに養子が決まって、家をつがせることになっているからと断わるので、城代の耳にまではいることになってしまった。

(ご城代に言われるまでもなく、まったくばかげたことで話にならぬ)

城門を出ると、かれはむずかしい表情のまま、城の天守を振り返って舌打ちした。

水戸は家康の末子ながら、御三家の一ではないか。紀伊、尾張は将軍家に後嗣のないおり嗣子を立てること。水戸からは嗣子を立てぬかわりに、代々副将軍として天下の政治を補佐すること――それが家康の決めていった式目ではなかったか。

徳川家の続くかぎりこの城もまた安泰なりと信じていたのに、それが老公の賛成して立てた現将軍綱吉のために逆にゆすぶり立てられていた。

将軍綱吉はけっして暗愚ではなかったがうたぐりぶかい性質を持っている。あるいは自分が将軍になってから、光圀は館林にあった綱吉よりも、甲府にあった兄の綱重を立てようとしたのではないかと疑いだしたのかもしれない。

いや、そのような疑いがきざしたときに、

「――それは違いまする」

と、きっぱり否定してやる柳沢吉保ではなかった。

「――さすがはご慧眼」

と、逆に讒言すればとて老公に味方はすまい。

しかも、老公は不偏不党の立場から、将軍になったばかりの綱吉を押えすぎた。その一例は、前大老の酒井雅楽頭の事件などで、雅楽頭が前将軍家綱（綱吉の兄）に了がないので、京から宮家を請いうけて将軍に立てようと考えていたことを知ると、烈火のように憤った。

そして、在職中の失敗を数えたてててついにこれを切腹させたのだが、それでもまだ怒りは納まらず、その家を断絶させようとして老公の反対にあった。老公は酒井家の祖先の忠誠を言いたてて、ついにそれをさせなかったのだ。

あるいは、そうしたことから逆に老公を疑いだしたのかもしれなかったが……

とにかく、将軍家にとって、老公はけむたすぎる。老公がそばにあっては綱吉の独裁ははばまれる。そこで、逆に綱吉は、老公に従二位大納言の宣下を請おうと言いだしたのである。

敬して遠ざけるというよりも、紀伊、尾張の上座にすえて、政治に干渉する副将軍の地位から追おうというのであった。

老公がそれを拝辞すると知っていての苦肉の策で、拝辞するかわりに、目分はもはや老齢ゆえ、退隠して老後を養いたいといわずにいられないようにしむけてきたのだ。

そして、そのあとでは日本史編纂をたてにとり、水戸に逆心ありと言いふらさせる。御三家の一といえども逆心と言いたてられると風の中の葦であった。

老公はまだその風の真の強さを知らぬ――知らさずに、なんとか無事に納めたい――それが水戸の当主綱条の孝心であってみれば、女捜しもたいせつな忠といおうか。

田村小右衛門は城を出ると、急いで国表のわが家に向かった。

3

小右衛門は藤沢小路のわが家の門をふきげんな表特でくぐっていった。ここにも二株二株梅が咲いている。

綱条について江戸づめになってから久しぶりに見るわが家であったが、家郷を思う感懐はなくて、押えきれない腹だちが先にたった。

(ぜげんのような役目……)

出迎える若党にことばもかけず、居間へとおって、江戸から連れて来た配下の者に、

「すぐに出立する。用意を急げ」

たたきつけるようにいってから、ちょっと小首をかしげて、

「待て!」

と、呼びとめた。

「そのまえに、千鶴と申す娘を、いまいちどこれへ連れて参れ。言いきかしておくことがある」

そういうと、またむっつりと口を結んで腕を組んだ。自分で自分をなぐりつけたいよ

うなこんどの役目、もしこれを血のけの多い若侍たちでも聞きつけたら、無事に納まるはずはない。

尚武で鳴らし、気骨を誇る若侍たちに、血のけに任せてかごをうばわれ、老公のもとへでもかつぎ込まれては一大事であった。

「筆屋の娘、召し連れました」

「うむ。これへはいれ」

小右衛門はきびしい表情のままあごをしゃくって、それから娘を見ていった。

娘はなるほど美しい。まとっている小そでもまた町家の娘としてはぜいたくすぎる。

武骨な小右衛門の目には比較すべき女の顔もなかったが、おそらく江戸でもこれほどの女は……と、思うほど嫋々（じょうじょう）としたあざやかさだった。

そのくせ、ここへ連れて来られて、少しもおびえた様子はない。しずかに小右衛門を見上げた眼は、谷間の清水を思わすように澄んでいた。

「そのほうが玉章の娘千鶴か」

「はい」

「そなたは、この城下に住んで、殿のご恩を思うたことがあるか」

「一日も忘れたことはございませぬ」

「ありがたいと思うているのだな」

「父は京で育った筆匠、それがここに喜んで居を定める。みなご恩をありがたく、しあわせと思えばこそでござりまする」

小右衛門はまぶしくなって目をそらした。これほどすなおに感謝しながら生きているものを、権力で江戸へ拉し去る。江戸の柳沢の屋敷うちには、かれらのうかがいしれない豪華な御成御殿が設けられ、将軍家はおりおりそこをたずねては歓を尽くされるという……が、それがたとえどのように豪華なものであろうと、この娘を今日より幸福にはなしえまい。

「そうか。それほどありがたく思うているか……では、その殿の御家に、そなたでなければならぬ大事が起きたとしたら、ご奉公はできるであろうな」

「は……はい」

娘はすでにここへ連れて来られるまえに覚悟はしてきているらしく、しとやかに目を伏せた。その様子がいっそう小右衛門にはいじらしい。

「そうか。ではあらためて申し聞かすこともない。きょうこれからすぐ出立する。道中で、もし何ごとが起こっても、われらがそばにあるかぎり驚くではないぞ」

「はい……ではこのまま……」

言いかけてまたうなだれて、

「お願いでございます！　もう一度妹に会わせてくださりませ。妹は他出中にて、まだ別れのことばをかわしておりませぬ」

そういうと、畳にそろえたまっしろな指の上へポトリと光るものが落ちた。

4

小右衛門はため息した。かれ個人としては会わせてやりたかったが、事情はそれを許さない。

「お願いでございます。藤と申す妹はことのほかな姉思い、もしこのまま会わずに行きますと、江戸まで追うてくるかもしれませぬ。ひと目なりと……」

「ならぬ！」

きびしくいってまた、小右衛門はため息した。

「殿のご恩、忘れはせぬというあとからみれんであろう……としかるのはな、そなたの心根がわからぬからではない。会うといっそう苦しくなる。それが別離の情だとわかるからじゃ、納得せい」

千鶴はうらめしそうに小右衛門を見上げた。彼女は自分が、柳沢の屋敷におくられて、将軍お戯れの相手になるのだとは知らないらしい。

江戸小石川の水戸屋敷で、当主の奥方に仕えるものと思い込んでいる。

父の玉章は、かねがねご老公のご恩の厚さを口にしていたし、水戸の町人工匠たちが、他領のそれに比べていかに安穏な日々を送っているかも聞かされていた。

それだけに、小右衛門のさしずでご奉公を、といってきた祐筆(ゆうひつ)の伊倉勝馬に、父ががんこに断わりをいうのがわからなかった。

十八という年は、すでに嫁してもよい年だったが、二、三年ご奉公してきたとて、それでおそすぎるとも思えない。

「――おとうさん、伊倉さまがあのようにおっしゃるのですから、わたしはご奉公に参ります」

一度やって来て、その翌朝、

「――田村氏が江戸からわざわざ来られて、たってとのおおせじゃ。殿か奥方かのご内意らしい。考え直してくれぬか」

困惑しきってそういったとき、

「では、とにかくわたし、田村さまにお目にかかってご事情を伺ってまいりますから」

千鶴は伊倉と連れ立ってこの屋敷へ来たのだったが、そのときには一つ違いの妹のお藤は、すでにどこかへ出かけていなかった。

お藤は姉とちがって、男のようなはげしさをもっている。女だてらに剣術のけいこをしたり、馬に乗ったり、言うことも、ときどき父を訪れる佐々助三郎などの感化をうけて、政治がどうの、治安がどうのと議論がましいことが好きだった。

そのくせ、おとなしい姉の千鶴には口をかえしたことさえない。

姉さま、姉さまと、どこへ出るにも影の形に添うようについてきた。

「あたしは一生姉さまのそばにいたい！」

そんなことをいったり、

「姉さまには、お藤のような護衛がいります。きれいすぎるから」

冗談ともまじめともつかない切り口上で、千鶴を振り返る若者たちをにらみ返して歩いたりした。

ところで千鶴がこの屋敷に来てみると、田村小右衛門は、

「――上意ゆえ、有無を言わさぬ」

そう言いおいて、城へ出かけ、今またもどってくると、鳥の飛び立つように出発するというのである。

父はよかった。千鶴がどのような気持ちでお殿さまのお気に応じたかはわかってくれよう。が、妹のお藤は、それではわたしも江戸へゆくと言いかねまい。

「ご奉公はお心のままにいたしまする。どうぞ途中で父の家へいま一度……」

千鶴が目をうるまして両手を仕えたとき、

「用意が整いました」

と、家来のひとりが告げてきた。

5

「どうぞ父の家までもう一度……もう妹も家にもどっておりましょうほどに」

しかし、小右衛門はうなずいたようなうなずかないような表情のまま、すばやく脚絆(きゃはん)をつけだした。

おそらく、父親の玉章が千鶴はこの屋敷にいるものと思い込んでいるうちに水戸を離れようとしているのにちがいない。

「さ、したくはできた。参れ」

「は……はい」

「いいか。途中で何ごとが起こってもおどろくまいぞ」

ぐっと強くおさえられると、千鶴は、あらためてわが家へ寄れるかどうかをきけなかった。

式台にすえられたかごは町かごだったが、かつぐ人はちがっている。足ごしらえを厳重にして、息づえついた眼が鋭い。両側に、江戸から小右衛門の連れて来た屈強な武士が四人。小右衛門もまたかごわきに立って、

「急げよ！」

と、投げつけるようにいった。

たれをおろしてかごはあがった。

水戸からは江戸三十里。まさか未の刻すぎに旅立つ人があろうとはだれも思うまい。千鶴の家は本町通りにある。が、門を出たかごは、それとは反対の千波沼のふちをめぐって、笠間への道をたどる。

「あ、もし、それでは道が違いまする」

千鶴がいうのと、小右衛門がしかるのとがほとんどいっしょであった。

「そなたの身のためだ。物いうなッ」

千鶴はハッとしてすくんでしまった。

かごはとぶようにして道を急いでいる。坂にかかった。下りになった。たれの外に川音が聞こえたのは桜川であろうか。ほどなく城下を出はずれて、緑岡村にかかってゆくが……

千鶴はもうあきらめるよりほかなかった。

目を閉じて片手でそっと胸をおさえて、

(藤ちゃん、許しておくれ……)

そうつぶやくとほろりとなった。

(江戸へ着いたらすぐ手紙を書きますから)

かごわきではだれもものをいわなかった。だんだん日が傾いてくるらしくひざの下に差し込む光に色がついて、駕丁(かごかき)のかけ声だけがえっ、ほい、えっ、ほいと同じ調子でつづいてゆく。

ふたたびのぼりになった。千波山へ来たのかもしれない。千鶴はしっかり下がり緒にすがって前棒のちらつく足のあたりを見ていた。

すきまから見える地面がそのまま流れになって、それだけ故郷や肉親から遠ざかるのだと思うと、だんだん心細さが増してきた。

どうやらまた平坦な場所へ出たらしい。森か林か、両側が暗くなった……と、思ったときに、だだだっと駕丁の足はみだれてかごがとまった。

「そのかごはいずれへ参られる」

行く手五、六間の近さで、太い男の声がした。

「拙者は当水戸のご老公、さきの中納言光圀卿の家来、佐々助三郎と申す者、かごのせき方尋常ならず、ご不審申す、答えられよ」

（あ、佐々さま……）

かごの中で、千鶴はおもわず首をのべた。老公の命を奉じて、湊川(みなとがわ)に楠氏(なんし)の碑を立てにいった助三郎がもどっているものらしい。その助三郎ならば、父とは格別懇意であった。

と、かごわきにぴたりとからだをつけていた小右衛門が、「声を出すな！」と、またきびしく千鶴にいった。

いつの間にか、小右衛門も四人の武士もずきんで面をつつんでいる……

6

佐々助三郎と聞いて小右衛門は、いきなりすらりと腰の刀をぬき放った。

むろん、助三郎を知らぬはずはない。が、かかる場合には、相手の機先を制すにかぎる。

佐々助三郎は杉浦格之丞と並んで、老公格別のお気にいりであった。

はじめは彰考館の筆生だったが、その後老公の内命をうけて日本全国をとび歩き、日本史の資料を集めて歩くかたわら、各地各藩の政治まで細かくしらべあげては老公に報告する。老公がいながらにして各地の事情に通じているのは、助三郎のような人物が絶えず日本じゅうをとび歩いているからであった。

その助三郎が、ここしばらくは湊川に足をとどめて楠氏の碑の建立にあたっていたと聞かされていたが、それがすでにもどっていたのか、どこか回った帰り道なのか。

とにかく、ここで千鶴のことなど知られたくない相手であった。

「これは奇怪なことをなさる。老公家来の佐々助三郎と知って、わざわざ刀を抜かれたのか」

「黙れッ！」

と、小右衛門は身をふるわしてどなりかえした。

「われら、老公の側臣に佐々助三郎という、卜伝(ぼくでん)流の名手ありとは承っているが、その人物には面識はない。よしまた面識あったところで、その佐々氏が、なんの役儀で、水戸藩お使者番の田村小右衛門のかごをとめるのだ。田村どのは殿のご用で旅している。それを止めた理由を承ろう。返事によっては許さぬぞ」

小右衛門はどうやら、かごの中にいるのは自分ということにしておし通すつもりらしい。

「これはこれは。すると、かごの中のご仁は田村小右衛門でござったか」

「親しそうに申すなッ。当方では面識ないわえ、お身を佐々氏と思うわけには参らぬ。佐々氏ならばお役がらを忘れて、お使者番のかごをかかる山道でさし止めるような無礼をするはずはない。察するところ、佐々氏の名をかたる山賊のたぐいでもあろうか。一歩でも近づいてみよ。まっ二つにいたしてくれる」

これはまた、なんとあざやかな弁舌であろうか。しかも、きちんと理はとおっている。

佐々助三郎はハタと答えに詰まってしまった。腕ではむろん自信はあったが、かごわきに立ってあたりをにらんでいる小右衛門もまたなみなみの腕ではなかった。小野派一刀流では屈指の使い手、その力量がひと目でわかるだけに助三郎は引きさがるよりほかなかった。

「これは失礼つかまつった。実は領内歩行中は、さまざまなできごとに細かい注意を払うようとご老公から命じられておるゆえ、お使者番とは知らずに声をかけ申した。いざ、お通りを」

わざわざ道をよけて枯れ萱(かや)の中に立つと、

「よしッ、急げ！」

小右衛門は抜刀したまま駕丁に命じた。ふたたびかごはあがった。

ええッ、ほい。ええッ、ほい……

助三郎の目の前を走ってゆくかごを見ていて、助三郎はまた小首をかしげた。たれのすきからかすかに見えるのは赤い女のすそに思える。水戸藩お使者番がまさかに赤いきれは……と見送って、

（いや町かごゆえ、敷き物のいろであろう）

思い直して歩きだすと、またうしろで、ふしぎなどよめきがわきあがった。

7

「はてな？」

助三郎は立ちどまってかごの去った方向へ耳をすました。

たしかに太刀（たち）打ちの音。

すると、今のかごが、何者かに襲われたのであろうか……？
二、三歩もどりかけて、助三郎はまた足をとめた。かごわきに、あれだけ屈強な武士

がついているのだからまちがいはよもあるまい――と、思うと同時に、ご領内で、このような事の起こってゆくのが苦々しく思われた。

かれが見ていても、近ごろの藩中には二つの派閥ができている。その一つは、老公の高風を継ごうとして、いささか右にかたよりすぎた硬骨派。もう一つは、老公すでに古しとして、いつしか時流を追いだしている現実派。後者にいわしむると硬骨な武頑派こそは、将軍や柳沢吉保と衝突して水藩を滅亡に追いこむものであったし、前者にいわしむると、現実派は武士の風上にもおけぬ腰抜けどもで、この徒輩が世の侮りをうけて、藩の存亡をあやうくするものであった。

田村小右衛門はこの現実派と見られている。

したがって、もしあのかごが襲撃されたとすれば、それは、武骨派によってであろう……と、思ったときに、またはげしい太刀打ちの音。

かごは助三郎の予想どおり、また何者かの襲撃をうけているにちがいなかった。

すでに、木立ちの影は長々と地面にのびている。左手は黄いろにかわいた萱原であった。襲った者はたったひとり。

いきなりかごの前へおどり出て、

「そのかごおろせ！」

はげしい勢いで切ってかかった。

こんども田村小右衛門は、かごわきで抜刀して、

「田村小右衛門のかごと知って切りつけたか。たわけ者めッ！」

と、しかりつけた。

すると、相手はひきつるような声で笑って、

「そのかごの中が田村小右衛門かどうかお身の胸にきいてみよ」

からだごとたたきつけるように小右衛門に切りつけた。小右衛門は身をすさらせるいとまもなく、つばもとで受け止めると、

「かたがた容赦すな。切って捨てよ」

渾身の力で相手の太刀をはね返す。

相手はたたとよろめいて萱の根かぶにどっとしりもちをついた。

そのすきに、四人の武士は小右衛門と襲撃者の間にはいった。

「くせ者！　慮外すな」

襲撃者は敏捷に起き直ると、これも刀を構え直した。

「おとなしく手を引けばよし、さもなくば切りすてるぞ」

「おお、切り捨てて通ってゆけ。拙者のいのちのあるうちに、そのかご、ここを通すものかッ」

「その声はまだ若い。同藩の者であろう、名のれッ」

「いやだ……腰ぬけどもに名のる名は持たぬ。切れッ」

それは事実、切られるつもりらしく、荒い呼吸で、ふたたび四人に切ってかかる。

「うぬッ、その腰で人が切れるかッ」

まっ先のひとりがまっこうから刀をふりおろそうとしたとき、かごわきの小右衛門は何を思ったか、

「待てッ!」

とさけび、

「切るな、峰打ちに」

それは襲撃者がわざわざ死のうとしていると、見てとったからであった。

8

「ええッ！」

と、四人の武士のひとりがさけぶと、

「ウーム」

襲撃者の手からぽろりと刀がおち、両手はむなしく虚空をつかんだ。しかも、その手は意外なほどに白く小さい。

（これは、この千鶴を慕う若者でもあろうか）

小右衛門は、相手が地上へ倒れるまえに、

「かご、急げ！」

ぴしりと刀をさやにおさめた。

もう日はおちた。地上の影は消えている。三たびかごはあがって、一行はまた飛ぶように木立ちの間へ消えていった。

と、いれ違いに、小首をかしげてこの場へもどって来たのは、佐々助三郎だった。

助三郎はつかつかと、倒れている人影に近づいた。かれの目にも、この襲撃者が異様に映ったのにちがいない。抱きおこしてみると傷はなかった。峰打ちで気を失って倒れている。

面をつつんだ覆面に手をかけて、

「あっ、これは……」

と、助三郎は狼狽した。

倒れている若者は男ではない。

本町通りの筆匠が妹娘お藤ではなかったか。

なんのためにお藤が、このような男のみなりで、田村小右衛門のかごに切りつけていったのか？

お藤は助三郎を先生先生と呼んで国学の手ほどきを受けながら、ときどき剣術まで教えてくれとせがむ娘だった。

姉娘の千鶴を柔らかい花べんの白芙蓉（ふよう）にたとえるならば、これは霜にもめげぬ寒菊とでもいおうか。

明るいむじゃきさの裏に、男まさりの強さをかくしている。

助三郎はそっとお藤を肩にかついだ。

（切られずに済んだのがなにより……）

このまま捨てておいてもいずれ気はつくであろうし、いま活を入れてもよかったが、目的があって切りつけたかごの、まだ遠くへゆかぬうちに事情を問いただすのは残酷に思えて、そのますますたすたと峠をおりだした。

途中でだんだん足もとは暗くなった。

関寒もまだきびしく、今夜も霜がおりるだろう。空にチカチカと星が光りだしたのは、千波沼の近くまで来たときだった。

湊川で楠氏の碑を無事に建て終わったことは、すでに手紙で老公に報告してあった。碑面の文字は言うまでもなく、老公みずから筆をとられた「嗚乎（ああ）忠臣楠子之墓」。その拓本はかれの胸にあったが、その文字をしたためた筆は、お藤の父の玉章が作ったはずであった。

湊川から帰途、老公の命で下野（しもつけ）の国分寺へ回り、そこであれこれ史跡を調べての帰途、偶然お藤に出あうというのも何かの因縁であろう。

西山荘でかれの帰りを老公はお待ちかねであろうが、とにかく今夜はこのまま筆匠の家に泊まって、事情を聞くよりほかにない。

星空の下にそびえる城を左手に見て、本町通りへ出ていった。

筆匠石川玉章の店は、すでに大戸をおろしている。かれはくぐりを開いて中の土間に立った。

「ご主人はおられるか。佐々だ。助三郎だ」

するとその声に主人よりも先に、店先へとび出してきたのは格之丞だった。格之丞は手代の差し出す手燭(てしょく)の中に、お藤を背負って立った助三郎を発見すると、

「あ……」

と、そばへ寄ってきて、

「奥にご老公がいらせられまするぞ」

小声でささやいて、あわてて背中のお藤をのぞきこんだ。

意地のある恋

1

　奥の間で助三郎が老公に帰国の報告をしている間、格之丞はお藤の手当を命じられた。

　母親のないこの家では、乳母のお紺が母親代わりであったが、百姓家出の乳母(うば)には、切り合って気を失っているお藤の手当は無理——と、老公みずからのさしずなのである。

　若い格之丞には迷惑至極、というよりも、娘のからだにふれることがすでに一つの苦行であった。

　かかえあげてふとんの上に運んでくると、もう武骨な両手に柔らかい娘の肢体の感触がのこっている。

「やれやれ、たいへんなことをおおせつかったものだ」

ふとんの上へそっと起こしてうしろへ回り、ひざを背にあてて胸に手をかけると、ここはまたひどく柔らかい。丸く隆起した乳ぶさだからだ。

格之丞は臍下丹田(せいか)に力を入れて、相手が娘であることを忘れようとした。そして、

「ええっ！」と活を入れると、ウームと低いうめきがつづいた。

無事に生き返ったのだが、まだ意識はたしかでない。

「まあまあ、お藤さまとしたことが……」

うめきにつづいて苦しそうな息づかいがへやにこもると、乳母のお紺は待ちかまえていたように金だらいの手ぬぐいをしぼってお藤の顔からえり足をふきだした。

見ていて、格之丞はドキドキした。

西山荘へまぎれこんできたときから、何か塗っているようだと思っていたが、乳母がひとふきするたびにつるりとあとが白くなる。きれいな三日月型のまゆがあらわれ、すっきりとした鼻が出てきた。いやその鼻の下に朱を一滴おとしたような、愛くるしいくちびるが浮き出たとき、格之丞の全身にはツーンとあやしいうずきがおこった。

形のいい果実を思わす二つの耳たぶ。えりあしにうごくなよかな生命。そのあとで乳母は、

「ご家来さま、どうぞからだの傷をおしらべなされてくださりませ」

言いながら土のついたはかまをぬがせたり、髪をたばねてやったりする。

「うむ。打ちあとをな。調べてみねばならぬ。老公のご命令ゆえ」

そうはいったが、まぶしいような娘に変わった女の裸身をしらべる羞恥はえもいわれぬ。

「佐々氏はたしか肩を打たれたように申されたが……」

格之丞はおずおずと、お藤の右肩から着物をすべらせた。期せずして目は天井へむいている。

あぶない手つきの指頭で、骨折の有無をさぐった。

「たいしたことはない……」

と、乳母を振り返ると、なんという気のきかぬ女か、乳母は金だらいを下げてへやを出ていっている。

肩から胸へ指頭がいくと、ぴくりとお藤のからだはうごいた。格之丞はびっくりして逃げごしになったが、そのときにはお藤の両手がしっかりと、格之丞の手をつかんでいた。

お藤の目は、はじめて開いた。と、同時に、「あ――」とかすかな声をもらした。

お藤のほうでもびっくりしたのにちがいない。若い男の手が、自分の内ふところにあったのだから。

「慮外しやるな」

パッとその手を振り払われて、

「りょ……りょ……慮外ではない」

格之丞はまっかになって手を振った。

「おぬしの傷をしらべていたのだ」

「だれに頼まれて調べるのだ。むたいしやると……」

許さぬけしきで、お藤はふとんに起き直った。

2

お藤は、とっさに自分がどこにいるのか、相手がだれかわからなかったらしい。

その目は、あわただしく天井へはしり、障子をながめ、格之丞に移った。

そして、やがてここがわが家であると知り、目の前に堅くなってすわっているのが、西山荘でやさしく自分を送ってくれた若侍と気づいたらしい。

「おお、あなたさまは」

格之丞はごくりとつばをのみこんで、

「杉浦格之丞と申す。けっしてそなたにむたいはせぬ」

こんどはお藤のほおが、パッといちどにあかくなった。消え入るようなはじらいが、強い疑問とからみあっているらしい。

「ここはたしかにわが家のような」

「いかにもそなたの家だ」

「わたしは……どうして……なぜわが家にいるのでございましょう？」

「そなたが、西山荘からいずれへ行かれたか、途中のことは拙者にわからぬ。が、そなたは千波原の先の山道で、田村小右衛門どののかごというのに切りつけていったそうな」

「ああそうじゃ！」

お藤は、はじめてはっきりしたらしく、

「して、姉さまはなんとなされましたか」

「姉さま……とは千鶴さまか」

「はい。あのかごに乗せられたはたしかに姉さま。お藤は姉さまを取りもどせぬほどならば切られて死ぬ気でございました」

格之丞は、黙ってお藤を見すえていた。

(するとこのお藤は、姉が何者であるかを父に聞かされて知っていたのかもしれない)

「杉浦さま……姉さまはどうなされたかご存じございませぬか」

「知らぬ」

と、格之丞は答えた。

「拙者は老公のお供してこの家へ参ったが、何も知らぬ。ただ拙者の知っていることは、そなたが佐々助三郎どのに助けられて、この家へかつぎこまれてきてからじゃ」

「えっ！　佐々先生にかつがれて……」

「そうじゃ。それからそなたを、拙者の手でこのへやへはこんでまいった」

「…………」

「そのような役目、拙者に不向きとは存じたれど、主命なればやむをえぬ。ここへ運んでそなたを横たえ、乳母とふたりではかまをぬがせ……」

「あ、もし……」

「あれこれと、迷惑しながら介抱したを、そなたはむたいといいおった。杉浦格之丞も武士のはしくれ、そのことば、取り消すか取り消さぬか。いざ、うけたまわろう」

お藤は、はりさけるようにひとみをひらいて格之丞を見まもった。

介抱から掛け合いに移ったせいで、以前の狼狽はかげをひそめ、そこには許すまじきりりしさで格之丞の眼が光っている。

「なぜ返事をせぬ？　まだ、拙者がむたいをしたと思うておるのか」

お藤はそれをそらすように、

「ではこの家へ、ただいまご老公が……」

「それゆえ、そなたの返事を聞かねばすまぬ。拙者がむたいをいたしたか」

ぐっと刀を引き寄せて、詰めるようにひざを立てた。

そのひざへ、お藤はいきなりすがっていって、

「すると、佐々さまもご老公とごいっしょに」

目をそらしてひざをゆすった。

3

お藤にすがられて、格之丞はカーッと全身があつくなった。なぜあつくなったのか、原因はわからない。それほどおこっているのでもなければ、にわかにかぜをひくわけもない。

それなのに、お藤の手のふれたあたりからふしぎな熱気が全身にひろがって、いちどに汗がふきだした。

お藤はまたひざをゆすった。

「ご老公が、おいでなされて佐々さまとお話しなさる……それでは、姉さまは取りもどしてくださることになりましたか」

「知らぬ！　拙者の問いにまず答えよ」

「ああご老公と佐々先生……」

「拙者がいかなるむたいをしたか。かりにもご老公の近習が、町家の娘にむたいをしたなどといわれ、そのまま引き下がってては武士の一分が相立たぬ」

「これで、わざわざ西山荘まで出向いたかいがありました。ご老公はきっと姉さまを取りもどしてくれまする」

「そうだ。わび状を書け。ご介抱にあずかりながらむたいをしたなどと申したこと、まことに申しわけこれなく深くおわび申し上げそうろうと一筆書け。さもなくば拙者、なんの面目あって藩中の若侍に」

「もし、杉浦さま」

「ええさわるな。汗が出るわ」

「お藤はうれしゅうございます。姉さまの代わりにゆけといわれたら、わたしはゆく気でおりました。でも、ご老公がおいでくだされば、それもせずに済みまする。いいえ、藤は、姉さまをこのまま江戸へやるほどなら、切られて死のうと決心して、かごを追ったのでございます」

「離せと申すに。しぶとい女だ。もしそなたがわび状書かぬというなら、拙者は、そなたを切らねばならぬ」

「あなたはご老公のそばにおられて、何もご存じございません。みな、ご老公のお耳に入れぬようにと心をくばっておりますゆえ」

格之丞も強情だったが、お藤もそれに劣らなかった。相手の言うことなど少しも聞かずに、水藩硬派の慷慨を格之丞の口からそのまま、老公のお耳に入れようとするのである。

老公をむりに隠居させた将軍家は、ご自身ではたぐいない名君のつもりらしかった。湯島に孔子廟を建てたり、生類あわれみの令を出したり、ほうぼうに寺を建てたり……その意味ではたしかに進歩した文化政策の提唱者であり、命令者であったが、悲しいことに、この独裁者の善意を生かしうる側近をもっていなかった。

わがままな下情を知らぬ公達が、ごきげんを取り結ぼうとする俗吏にとりかこまれると、どんな良政も末端ではめちゃめちゃになってゆく。

生類あわれみの令などは、それまで武骨乱暴にすぎた江戸の気風を改めさせようとして出した命令だったが、それが今では、逆に江戸市民をふるえあがらせる悪政になっているという。

将軍が戌年生まれだというので、犬をなぐっても召し捕えられるというとんちんかんな弊害をうみ出しているそうな。

そうしたことをご老公の耳に入れ、もう一度ご老公に隠居のままで、万民のために政治をやらせたいというのが硬派の願い、お藤はそれを格之丞の口から老公に告げさせたいと必死であった。

4

「ご老公がもう一度江戸へおいでになり、将軍家をとり巻く奸臣(かんしん)どもをおしかりくださらなければ、万民の苦しみだけではなく、やがて思い上がった奸臣どもに、水戸家までが取りつぶされるであろうと、心ある者はみな心配しております」

「さ、こざかしいことをいわずに、わび状書くのか書かぬのか」

「姉さまのことにしても、姉さまご自身はご存じございませぬ。お殿さまか奥方さまのおそばに仕えるものと思うておりまする。が、うわさによればそうではのうて、柳沢美濃守さまのお屋敷で、それはそれは恥ずかしいご奉公をしいられるといううわさでございます。そのようなうわさをご老公のお耳に入れるが、おそばにいられるあなたさまがたのつとめではございませぬか」

「黙れッ！　まだ黙らぬかッ」

お藤が少しもひるまずにいいつのるので、とうとう格之丞はかんかんになってしまった。

ただ困ったのはかんかんになったからといって、しっかりと押えられたひざをどうすべきか？　その判断がつきかねる。

非力な女ふぜいをなぐるのも武士道にはずれるし、さりとて取り組んで投げとばすわけにもいかない。

「いいえ、黙りませぬ！」

と、お藤はいった。

「天下の大事、水戸家の大事！　それが杉浦さまのお心にはまだ少しもひびきませぬか」

「うぬ、こざかしい。もう許せぬ」

「許せぬものならばどうあそばします」

「切って捨てるぞ。よいか」

「切られましょう。藤が切られたことで、ご老公のお耳に天下のことがはいったらけっして犬死にではございません。さ、お切りなさいませ」

そばにあった刀をとって、わざわざ格之丞の手に渡した。そうなると格之丞も、もう抜かなければ形がつかぬ。

「よしッ！」

はじめてかれは自分のひざからお藤を突きおとして、すらりと刀をぬいていった。

「切られてもわびるのはいやだというのだな」

「いやでございます。天下の大事、お家の一大事……それがわからぬようなお人にわびることなど思いもよりませぬ」

「うぬッ、よく申した。かくなるうえはそなたを切り捨てて、拙者も割腹しなければ武士道が相立たん。覚悟はよいな」

「ご念のいったこと。藤はそのように愚痴な女ではございません」

と、そのときだった。

「これこれ、格之丞、いいかげんにせんか」

はいって来たのは、乳母の知らせにびっくりしてやって来た佐々助三郎だった。

「ご老公は看病してやれとおおせられたが切れとは申すまい」

「かと申して、あまりといえばあまりに強情な」

「それ、そこがその娘の病気なのだ。その病気を看護してやれといわれ、おぬしは承知しましたと引き受けてきたのではないか。拙者まだご老公と話が済んでおらぬのだ。いましばらく看病せい」

「じゃと、申して——」

「主命にそむくか。がまんが足りぬぞ。病人の申すことだ。ウム、ウムと聞いておけ。さ、刀を納めて……」

それから、助三郎はお藤に向かって、

「そなたも少しは女らしくするものじゃ。みそらしからぬみそ、女らしからぬ女は、鼻つまみじゃぞ」

そういうと、またぷいっといってしまった。

5

格之丞はしぶい表情で、刀をさやにおさめていった。

(このみそらしくない女め!)

だが、助三郎のことばにはそのまま条理がとおっている。強情が病気……自分はその病気の看病……それが主命で、引き受けたのは自分なのだ。

格之丞が苦い表情ですわりこむと、

「藤はみそくさくないみそでございますか」

「うむ」

「女らしくない女でございますか」

「うむ」

「わたしはただあなたに、さまざまな世界のこと、ご老公のお耳によく入れていただきたいばかりなのでございます」

「うむ」

格之丞は決心した。助三郎に言われたとおり、これはもはや、ウム、ウムと聞き流すよりほかに、腹をたてずに済ます方法はない。

「藤は、男らしい男、天下のことになったら、身を乗りだして語るおかた……そんなおかたが好きでございます」

「うむ」

「あなたはもう、わたしとは話はなさらぬお覚悟でございますか」

「うむ」

お藤はここではじめて口をつぐんだ。もうなんと言われても返事をしないつもりの格之丞の眼が、憎らしいほど静かに澄んで自分の面にそそがれている。

（相手にしない目だ……）

そう思うと、こんどはお藤のからだがカーッと一度に熱くなった。

今までよく見えなかった格之丞の目鼻だちが、はじめてはっきり見えてきた。りりしい眼、よくとおった鼻すじ、一文字に結んだくちびる。そりあとの青い月代(さかやき)。これをこそ男らしい男の顔というのであろう。

ところが、その男はいまや彼女を相手にしない高いところにいる。

お藤の顔にはじめてパッと羞恥の紅が散っていった。えりもとから上がむしょうに熱く、耳たぶが何かでくすぐられているようであった。

「杉浦さま」

「うむ」

「あなたさまは、わたしをさげすんでいらっしゃる」

「うむ」

「まあ！　よくもハッキリと……藤はそれほどはしたない女でございましょうか」

格之丞は小首をかしげて答えなかった。かれもまたおこらぬぞと心を決めてお藤を見直して、ようやく、からだの熱くなった理由がわかった気がしだしていた。

これは相手がただ若い女——というだけではなくて、この若い女がひどく美しかったかららしい。

うわさには聞いていた。

筆匠の姉妹が城下一の美人だということは。しかし姉のほうは見ないままで、どうやらきょう江戸へ連れてゆかれたらしいし、その姉はご老公の口から思いがけない秘密をもたらされたあとなので、美醜の詮索など思いもよらなかったが、この病人はたしかに美しい！

(これほど美しい女に、なんであのような強情な病がとりついたのか？)

そう思ってもう一度首をかしげたとき、ふいに病人は格之丞の前へ両手をついた。

「杉浦さま、お許しくださいませ。藤の……藤のことばはすぎました」

「うむ」

6

「おわび申します。どうぞそのさげすんだうなずき方はおやめください」

お藤がまっかになって格之丞を仰ぐと、格之丞はまた、

「うむ」

といった。

どうやらこの勝負は、強情くらべでは格之丞がいちだんと立ちまさっているらしい。

「杉浦さま」

「うむ」

「あなたさまはもしご老公が、姉さまを江戸へ迎えにゆくように……そうおおせられたら行ってくださいますか」

「うむ」

「まあうれしい！　やっぱりあなたさまはお優しい。そんなおかたとも知らず、西山荘でもずいぶんとご無礼申し上げました。どうぞお許しくださいませ」

「うむ」

「これで許していただいた。気がせいせいいたしました」

お藤はそういうと、そっとまた格之丞のひざにすがった。なぜそういう姿勢になるのか、自分でもわからない。おそらく、これは人類創造の神々が、太古から女性に許した姿勢なのであろう。

格之丞はびくりとして、ふたたび臍下丹田に力をこめた。

（病人などに心うごかしては士道が立たぬ）

乳母が格之丞のために茶をいれて来て、びっくりして入り口で立ちどまった。すぐさっきは刀を抜いて切るの切らぬという騒ぎだったのが、こんどはうっとりとして寄りそっている。えへんと、せきばらいしてはいってきて、茶をおいてそうそうに引きさがった。

「杉浦さま」

「うむ」

「ご老公は、きっと姉さまを連れもどしてくださいます。連れもどしてくださるように、父も頼んでいましょうし、藤もよくお願いいたしまする。あなたさまからもお口添えくださいませ」

「うん」

「それから……それから……藤は、杉浦さまが……」

また一段とほおも耳も赤くして、

「杉浦さまも、藤を……好いて、くださいましょうか」

「うむ」

「では、堅くお約束を」

「うむ」

そこへふたたび足音がして、助三郎がやって来た。どうやら老公との密談がすんだらしく、

「これこれ杉浦、そのような約束をいたしてよいのか」

微笑をふくんで上座へすわった。

「約束とは？」

「ただいま、お藤どのが申していたではないか。あれは夢うつつの答えだなどとは言わせぬぞ。武士に二言はないからの」

お藤は、つと格之丞のそばを離れて、消えいるようにうなだれた。が、格之丞は、いぜんとして姿勢をくずさず、

「ざれ言はおやめくだされ」

きびしい顔で答えて、

「して、ご老公はご出府と決まりましたか」

助三郎はちらりとお藤のほうを見やって、

「何のご用で……わざわざご隠居なされたご老公が江戸へゆくのだ」

「千鶴どのを取りもどしに……」

格之丞が勢いこんでいいかけると、

「うかつなことを！」

助三郎はしかりつける語気ではげしく手を振った。

7

「たとえば……」

と、助三郎はいった。

「おぬしたちの恋……ではない看病か。その看病にしても、なかなかかけ引きがあるようだった。刀をぬいたり、食ってかかったり……」

「まだそのようなざれ言を」

「いや、ざれ言ではない。かりに、いま、ご老公が西山荘を離れられたらなんとなるのだ。隠密どもの口からすぐに幕府へ報告され、天下の大事になってゆくわ」

「すると……ご老公は、姉さまを見殺しになさるとおおせられましたか」

こんどは格之丞よりも先にお藤が身をのり出した。助三郎はそれをシーッとおさえて、

「女こどもの口出しすべきことか。控えおれ」

と、たしなめた。

「将軍家へお届けのうえ、ご聴許なくば旅はできぬ。かってなふるまいとにらまれたら、それだけでご老公のお身の上に、何が起こるかしれぬわい。うかつなことを口にするな」

「は……はい」

お藤は助三郎のことばのうらに、何かあると感じとった。が、その同じことばを、格之丞はまったくべつな受け取り方をしていた。

千鶴さまは老公のご落胤。老公おみずから、監視きびしい西山荘をはなれて江戸へゆくことなど思いも寄らぬ。それゆえ、ご落胤の秘密は深くつつんだままで、われらにこれを取りもどせというなぞにちがいない。

「相わかった」

格之丞はぽんと胸をたたいて、助三郎を見やり、お藤を見やった。

この純情いちずな若者には、うむ、うむとうなずきながら聞き捨てていたつもりのお藤のことばが、大きな暗示になっていた。

「――もしご老公が、姉さまを江戸へ迎えにゆくように……そうおおせられたら行ってくださいますか」

行かずに済むものか。が、行くとすれば、いったいどうして行くべきか？

（万一のときのため脱藩してゆくのがいいか。それとも……？）

格之丞の考えが、そんな方向へ飛躍しているとは助三郎も気がつかず、

「ご老公はな、この機会に、江戸とはぜんぜん反対の奥州へのどかな旅をとおおせられ

ている」

「みちのくへ……？」

「さよう」

と、助三郎はうなずいて。

「伊達家の騒動のおりに、ご老公は、政宗以来の名家に傷をつけまいと、あれこれ苦心をはらわれた。伊達公はそのご恩を感じて、ぜひ一度仙台へお越しくださるようにと、かねがね申し越されている。これは将軍家もよくご存じのことゆえ、お届けだけで済む。ご老公はもはや政治向きのことなどわずらわしくて耳にするのもいやだとおおせられている」

お藤も格之丞も、それぞれの考え方でうなずいた。

「奥州への気楽な旅とわかったら、まさかに将軍家も神経は立てられまい。が、道中の危険はじゅうぶんに心せねば相ならぬ。将軍家へ忠義立てのつもりで、老公のおいのちをねらうやからがおるのだから……実はそのことで、今まで、あれこれと老公のご相談にあずかったが、すでに夜中のこと、城をさわがすもきのどくゆえ、今夜ここにお泊まりなさるとおおせられる。とのいは拙者と杉浦ただふたり。万一のことがあっては一大事ゆえ、互いに心をつけようぞ」

「心得た」

格之丞は全然べつのことを考えながら、またポンと胸をたたいた。

春の雁

1

老公はその翌日、さりげなく西山荘へもどられた。城中へも立ち寄らず、中山備前にも会わず、ふらりと筆をもとめに現われた体にして、

「世間はうるさい。ことしからわしも百姓をはじめようかの」

そんなことをいいながら、ゆっくりと馬をあゆませた。ゆくときには、おそばへは格之丞ひとりであったが、帰途は三人にふえていた。

佐々助三郎ともうひとりは、見えかくれに守護してきた塚田郡兵衛が、さあらぬ様子でいっしょになった。

帰途の話は湊川に碑を立ててきた楠公父子のことが、あれこれと語られた。

「わしがの、はじめて楠公の忠誠を顕彰したいと考えたのは、いくぶんは自分かってのなえからでもあった。みなも知ってのとおり、徳川家は新田源氏……と、なっておる」

「はい。たしかに」

助三郎はちらりと皮肉なうなずきかたをした。

源氏の長者などと称していながら、徳川氏がその嫡流でないことは、歴史を調べてゆくにつれて、老公自身がいちばんよく知っているはずだからである。

「そこでわしは、北朝へついた足利氏に対抗するうえからも、われらの祖先新田義貞の南朝への忠誠を世に出したいと思ったのだが、調べてゆくうちに、その義貞とは比較にならぬ楠氏一族の忠誠を発見した」

「碑が立つまでは、あの近くの土民も楠公のなんたるかをほとんど知りませんでしたが、今では通る百姓が笠をぬぎますする」

「そのかわりに、建てたわしは逆に幕府ににらまれてすくんでいる」

「幕府では……」

と、助三郎は馬上の老公へ笑顔をむけて、

「楠公の碑などがおそろしいのではなく、正史の調査によって徳川氏の家譜があやしくなるのを、いちばん恐れているのでございましょう」

「それが小さいと申すのだ。東照権現ははっきりとおおせられている。実力あって民を安堵させうる者があったら、だれでもわれらに代わるがよいとな」

格之丞はそうした話を聞きながら、なにかもの足りなく、なにかいらだたしかった。

老公は若いかれにとって、法律であり、生きがいであり、生命を照らす光でもあった。

その老公の口から、なぜひと言も、千鶴さまの名が漏れぬか？

いや、その名は同じ道を水戸へおもむくときに、格之丞との間には漏らされた名ではなかったか。とすれば、今は語らぬご胸中には、自分へのいっそう深い信頼があるのかもしれない……と。

いったい石川玉章のもとへ、どんな手づるでご老公の姫があずけられてあったのか。

玉章の家で、玉章と老公の間に何が語られていたのか。

お藤という娘は、たしかに姉がご老公のお血筋と知っている。お血筋と知ってわざわざ西山荘へやって来たり、かごわきに切りこんだり……と思うと、いまそしらぬ顔で西山荘へもどってゆく助三郎や郡兵衛よりは、お藤のほうがはるかに自分に近い感じがする。

そんなことを考えているうちに、いつか目の前には久慈川かひらけ、金砂山が見えてきた。

「そうだ。今夜は百姓の治兵衛を呼んでもらおうかの。あれを師匠にして、ことしから少しばかり自分の手で田を作ってみたいと思う」

格之丞のあせりを知ってか知らずにか、老公はそんなことまでいいだした。

2

この夜老公は、ときどき碁の相手に招く百姓の治兵衛をよんで、水田の作り方をあれこれとたずねたのち、

「わしはこれから奥州まで旅してこようと思う。その間にそちは苗の手配をぬかりなくいたしておけよ。もどってきたら、自分で耕し、自分で植えてみるからの」

すっかりこの地におちつくけはいでそういった。そして治兵衛が帰ってゆくと、茶の炉べりに、ここでは家老格の松平主膳をよんで、

「主膳、伊達家の宰領が、久慈をとおるのはいつごろだったたか」

うまそうに茶をすすりながらたずねてゆく。

仙台の伊達家では下総の竜が崎に離れ領地をもっていて、そこから上がる年貢を銀に変えて毎年いまごろ、水戸領をとおって仙台へ運んでゆくのが例であった。

「もう本年もほどなく通行と存じまするが」

「わしはな、その宰領どものあとについて、しばらくぶりで、陸奥守どのに会ってこようと思うよ」

「青葉城へ、わざわざ……でございますか」

「うん、ぜひいちど、たびたび招かれていたのだが、おりがなかった。陽春には少し早いが、ことしは百姓をしようと思うでな。桜のころに立ったのでは耕しおくれるおそれがある」

主膳は「は――」といったが、いかにもいぶかしげな表情で首をかしげた。

「ふにおちぬ顔だの。将軍家へはお届けだけでよい。供は助三郎と格之丞のふたり、年貢宰領のあとについて、とぼとぼと旅してみるも風流であろう。が、もし何かたずねられたら正直にいうのだな」

「は……?」

「痛くない腹をさぐられてもつまらぬ。隠居はな、まだこの西山荘の庭やら植木やらをいじってみたいのだが、実は金がない。水戸はもともと御三家中での貧乏人。当主の手もとも苦しかろう。といって、隠居の道楽に将軍家へ拝借金をと願い出るのも気がひける。風流の旅とは実はうわべのことで仙台侯の手もと金をねらっての旅と……おたずねあったら正直にいうがよい。陸奥守は、昔なじみじゃ、ひざつき合わせて話したら隠居の入用ぐらいは貸してくれるであろう」

老公の不如意な手もとを知っている主膳は、

「恐れ多いことで」とはじめてふにおちた顔になった。

「では、そちの手で宰領どもの通るときを調べてくれ。疲れた休もう」

しかし老公は、居間へもどってもすぐ休もうとはしなかった。

強引な千鶴の拉致はとにかく、助三郎を通じて知った幕府の腐敗は、このまま傍観を許さぬほどに乱脈をきわめてきたものらしい。

女までを賄賂にする。その一事を聞くだけで、黄白の金銀がどのように道理をゆがめ、わがもの顔に飛びこうているかが見えるようだった。

万民の苦患はもとより、それが原因で、どのような大事が諸侯の間に持ち上がるやも計られぬ。

（わしの死ぬときが来たかもしれぬて。いや、わしだけで済めばよいが……）

老公はしばらく、寝所のあかりのゆらぎを見つめたまま身じろぎもしなかった。

西山荘を出て、久しぶりに江戸の地を踏むつもりにちがいない。がはたして幕府の監視がこれを見のがすやいなや。

3

老公の寝所のあかりが消えたのが子(ね)の刻近く。西山荘は冷たくきらめく星の下で、やがてシーンと寝しずまった。

そして、金砂山からはいおりた早春のもやがだんだん地上をつつみだしたころに、納戸(なんど)わきの小べやの雨戸が一枚、音をぬすんでそろそろと中からあいた。

起きだすにはむろんまだ時刻は早い。じゅうぶんにあたりをはばかるけはいで、黒い影が、ひとつ、ひらりと庭におり立った。

面をつつんだ旅じたく。足ごしらえは厳重だったし、きちんと大小もたばさんでいる。

黒い影はそろそろとまた雨戸を外からしめ、そのまま足音をぬすんで老公の寝所の外へまわっていった。

そして、鳴りをひそめて立っている女竹(めだけ)の根もとにそっとひざをついてゆくと、

「ご老公さま……」

あるかなきかの声でいった。

「杉浦格之丞、本日ただいま、西山荘を出発いたしまする。お許しくださりませ」

そういうと感情が激してきたのであろう。両手を地べたへ突いたまま、はげしく肩をふるわせだした。

「しばらくでもおそばをはなれるのがなによりつろうございますが、しのびまする。おからだをおいといなされて。わるいうわさを残して立ち去る格之丞めが、いまいちどお目通りのできる日まで……」

あとはしばらくことばもない。

やがて、格之丞は立ち上がった。そして、四つ目がきを越えるときに、のそりと近よってきた雄鹿の頭にほおずりして、そのままやみともやにまぎれこんだ。

老公ご自身が、格之丞と助三郎の両人をしたがえて、旅に出る気でいるのをこの岩者は知らなかったのだ。

やみの中で、かれの足は水戸へむかっている。

目の前でかれを呼んでいるのは、お藤の顔であり、お藤を通じて想像している千鶴の顔であった。

その千鶴は江戸へ引き立てられ、柳沢美濃守の前に引きすえられて身も世もなく泣きくずれている。

柳沢美濃守の顔は、格之丞も老公のお供をして登城したとき、千代田城の供待ちで見かけて知っている。

体格は小作りだった。色が白くて柔らかく肥えていて、武士らしからぬ身のこなしが、格之丞にはいやみな印象を与えている。

少なくとも剛直な人ではない――そう思った予想はそのまま的中して、いまではそれが老公ほどの人物の一大敵国をなしている。

また、どうして美濃守に近づくかということなど、細かい計画は立つはずがなかった。だいいち、江戸へ連れ去られた千鶴が、はたしてどこへかごをおろされているのかもはっきりしない。

が、父の惣左衛門は江戸づめだったし、江戸の藩邸や彰考館には、格之丞と志を同じくする若侍はいくらもいるはずだった。

ただなんのために、どうして西山荘を出奔したのかとたずねられたときになんと答えるか？　いまの格之丞の頭はそのことでいっぱいだった。

意味のわからぬ失踪――などとうわさされたら、それこそ二重三重の警戒網をはられて、めざす者、めざすところへ近づけなくなるばかりである。

（悪名でよい。お藤の色香にまよって出奔したという悪名でよい……）

若者のつきつめた考えが飛躍するのは、今も昔もおなじであった。

4

お藤はその朝いつもより早く起きた。

間口五間、奥ゆき十八間の町割りで、店と奥との間に筆をつくる土間があった。

羊の生き毛をさらした水槽のわきをぬけて、庭へ出ると、乳のような朝もやの底で、小鳥の声がチチとこぼれている。

どこからともなく花の香が流れてくるのは、この家の庭の梅だけではなく、あちこちの花が咲きだしているせいにちがいなかった。

いつもここへ出て、まず伊勢と京の方向へ手を合わせる。

そして、なくなった母のことをかっきりと思い出すのが、つねであったが、きょうはその母の代わりに別な顔がうかんできた。

格之丞の顔であった。

もしそばで人が見ていたら、ポーッと赤くなるにちがいないのに、だれの目もないという安心が、お藤をひどく大胆にした。

「恋！」

と、口の中でいってみる。が、それでは母に薄情な気がしてきて、そっと首を振っていった。

「姉さまを助ける味方になってくださる人」

お藤が、姉の千鶴と父を異にした姉妹であることを知ったのは、母がなくなって彼女が十一になってからであった。

したがって、なくなった母と老公との間に、どのような交渉があったのかは想像するばかりであったが、とにかく姉の千鶴をみごもっているときに、特に老公に愛されていた父が、騒ぎの大きくなるのを恐れて、自分から申し出て母を預かったものらしい。もし男の子ができていたら、事情は一変したかもしれない。

母は代々千代田城へ出入りしていた御刀目利所（おかたなめききどころ）、下谷池（いけ）の端（はた）の本阿弥庄兵衛（ほんあみしょうべえ）の娘であった。

それが小石川の水戸屋敷に奉公にあがっていたのにちがいない。

生まれたのが女の子だったので、いまさら、それを表だてることもないと、そのまま父と再婚したらしかった。

昔かたぎの父は、姉とお藤をそれとなく心で区別していたらしい。自分より姉を愛すとひがんでいたお藤のひがみは、父にその事情を聞かされたときから解けていった。お藤にもやはり、父に似たりちぎな血が流れているのであろう。いや、千鶴に、老公によく似た、人を引きつけるものがあったからかもしれない。

（自分よりはまず姉さまを……）

それがいつか性になって、いまでは自分で自分に姉さまの召し使い——そう言いきかせて、少しも不満のないお藤であった。

その母思い、姉思いのお藤の心に、なぜ格之丞がはいりこんできてしまったのか？

「杉浦さま……」

お藤は、それもこれも千鶴を救う手だてとして、ご老公のお気に入りの……と、むりに思い込もうとしているのだが、それでは解釈しきれまい。

気を失っている自分の姿態を、あらわに見られたせいであろうか。もはやふたりは、どうにもならない何かの糸でつながれてしまったような気さえする。

「格之丞さま」

そっと小声で呼んでみると、胸に甘露がわき立つのは、いったいだれのなすわざか。

もう一度うっとりと、石燈籠のわきでつぶやいたときであった。

「お藤どのか」

もやの底で、おし殺した返事があった。

5

お藤はわが耳をうたがった。

お藤どの か……そういった声が格之丞の声に聞こえたのは、自分がそれにとらわれすぎていたせいだと思い、カーッと全身へ羞恥が走った。

「おとうさま。お人のわるい……」

父でなければ、こんなところにいるはずはなかった。その父に格之丞の名を聞かれた。ただそれだけで、その場にいたたまらぬ狼狽を感じるのもはじめての経験だった。

お藤があわててその場を去ろうとすると、

「待たれい」

こんどの声もまた格之丞。ぎくりとして立ちどまったお藤のうしろへ、ぼーっと人影が浮いてきた。

「あ、あなたはほんとに、杉浦さま！　まあ、どうしてこんなところへ？」

格之丞はそれには答えず、目をみはっているお藤のからだとすれすれの位置に立った。

「お藤どの。江戸へ参ろう」

「えっ……」

「拙者は西山荘を出奔してまいった。ご老公はそれとはなしにわれらに、千鶴さまを助けよとのおぼし召しゆえ」

「ご老公が、杉浦さまに」

お藤は声をうわずらせてあたりを見回した。

まだ父は起き出したけはいがなく、夜明けといっしょにいよいよもやは濃くなった。

「それは、ほんとうでございますか」

お藤は、老公と助三郎の間で何か密談があり、そこから成算が生まれたものと思っていた。

そして、その結果、格之丞が選ばれてきたものと判断した。

格之丞は大きくうなずいた。

「お身には少しきのどくだが……それ、なんとか申すであろう」

「何を……でございます?」

「色恋のことじゃ」

格之丞はいかめしい表情で、ずばりといった。

「ほれたとか、慕わしいとか申すであろう」

「え……？」

「お身、拙者にほれてくれぬか。このとおりじゃ」

お藤はクラクラとめまいがした。

これは現実ではない。夢だ。夢でなくて、なんでこのような妙なことがありえよう。

おもわずその名を口にした思う相手が、自分に両手を合わしている。

夢であってもよいと思った。

「ほれてあげます」

声といっしょによろよろとよろめくと、格之丞はあわててそれを抱きとめた。

「ほれてくれるか、かたじけない。格之丞それで志がとげられる」

「ほれてあげますゆえ、あなたさまもお藤にほれて」

「覚悟のまえじゃ」

「うれしゅうございます。杉浦さま」

「では、このまま江戸へ参ってくれるな」

「え、このまま！」

「そうじゃ。そなたがほれた。わしもほれた。ふたりで水戸を逐電する。色恋に狂った男。武士の風上におけぬ男、そうのうては、相手がゆだんしてくれぬ」

お藤はしっかりと格之丞の胸にすがったままで、格之丞のくちびるのうごきにうっとりと見入っている。なんというりりしいくちびる、男らしいくちびる、吸いつきたいほどきれいなくちびる！　そのくちびるのいうことなら聞かねばならぬとすなおに思った。

6

若さはときには勇気になり、ときには無謀な飛躍になる。

「では、このまま江戸へいってくれるか」

お藤は格之丞の声をきくと、子どものようにうなずいた。

（姉さまのためにも行かねばならぬ！）

と、いって、さすかにこのままの姿では旅はできないと気がついた。気がつくと、流れるように思案のわくのも若さであろう。

「シーッ」と格之丞をおさえておいて、急いで裏木戸を外へ出た。

自分の手のひらの中に格之丞の手があると知るだけで、どんな冒険もやれそうなお藤であった。

お藤は格之丞の手をとって、畑道を吉田神社の境内まで、いっきにかけた。

ここもまだ乳のようなもやに抱かれて、そこここに花の香をかくしている。

「したくしてきます。動かずに待っていて」

ぐいぐいと拝殿のわきの回廊に格之丞をおしつけて、そのまま身をひるがえしてとって返した。

父はまだ起きだしてはいなかった。

脚絆、手甲はそのまま着物にしのばせて、たんすの底から懐剣をさぐりだした。

(浮いた旅ではない……)

自分自身に言いきかせながら、このまえ、男のみなりで家を出るときとは、まったくちがったうきうきとした感情だった。

着物のがらが気になったり、旅姿が似合うようにと祈ったり、……そして、父の居間へ路用の金をとりにはいったときは、さすがに胸がどきどきした。

「だれだ……」

ことりと机の端にふれて声をかけられ、

「おとうさん、まだ早うございますよ」

すらすらと口のきけたのに自分ながらびっくりした。

父はそれがお藤と知るとべつに何も言わなかった。

お藤は廊下でそっと手を合わせた。

感傷にひたっている余裕はないが、そうしなければならない気持ちはどこかにあった。

「姉さまを、きっと連れてもどります。おかぜをめさないように……」

心のうちでそういって、そのままこんどは表へ出た。

乳母はもう起きていたが台所らしかった。職人は土間の水槽を見まわっていて、べつに不審の眼もむけなかった。

お藤はまた前こごみに、格之丞の待っている吉田神社へ駆けつけた。

「杉浦さま」

「おう……」

格之丞はお藤におかれたままの位置へ、りちぎにそのまま立っていた。

「朝参りする人がそうとうある。が、だれも拙者をみつけなかった」

「神さまがおまもりくださっているのです。ふたりを」

「そうかもしれぬ」

「しばらく、そちらを向いていて」

「こうか」

「はい。急いで脚絆をつけますゆえ」

一度さえずりやんだ小鳥が、またほうぼうではずんだ歌をかなでだした。

すでに、真上には青い空がすいて見える。

そして……

もやがきれいに晴れたときには、格之丞とお藤の姿は、すでに水戸から消えていた。

7

「なに、格之丞がおらぬとか」

老公は小首をかしげて茶を喫して、

「へやを調べてみよ。何か書き残してでもあるかもしれぬ」

言われて、助三郎はもう一度格之丞のへやをのぞいた。

小さな机。読みさしの論語、すずり箱。よく洗われた筆。だが、どこにもなんの変化もない。

老公の御学問所へもどってきて、

「何も残ってござりませぬが」

「そうか」

また老公は深い目になって考えて、

「困ったやつだ。何かひとりがてんをしたのであろう」

「ひとりがてんとおおせられると？」

「わしの念が足らなかった。そなたも旅へ連れてゆくと……言いきかせておくべきだった」

「すると、もしや江戸表へ……？」

「そうかもしれぬ。よし、郡兵衛を呼んでくれ」

「かしこまりました」

　助三郎が、裏で大はだぬぎになって木刀を振っている塚田郡兵衛を連れて来ると、老公はちらりと助三郎と視線を合わせてから、

「郡兵衛、わしは旅に出るぞ」

「はい。主膳さまから伺いました。青葉城をおたずねあそばす由」

「もう聞いたか。それについて、そのほうにも供が頼みたい」

「かしこまりました」

「だが、そのほうと助三郎が供とあっては、ちとおおげさすぎる。どちらも剣客で名が売れすぎている。助三郎はそのままでよいであろうが、そのほうは改名いたせ」

「ご老公の仰せのままにつかまつりまする」

「実はな、供させようと思うていた格之丞めが、何か早がてんをして江戸表へ出奔したらしい。そのほうも存じているとおり、あれはまだ子どもじゃ。わしの側にいた者がひ

とりで江戸へまぎれ込んだ……などといううわさが立つと、つけねらわれて切られることを忘れている。そこでな、そなたは格之丞ではなくてもよい。格之進といたせ。水戸の隠居が、助さん、格さんのふたりを連れて旅に出たとそれでよかろう。さすれば、世間では格之丞め、わしとともに歩いていると思われる」

そこまでいって老公は、またちょっと首をかしげて。

「しかし、塚田格之進ではちと妙じゃな。そのほうかそれとも格之丞か、世間で迷うわ。そうじゃ。いっそ姓も仮称を決めておこう。渥美(あつみ)……そうじゃ、渥美格之進。佐々も少し変えておくか。のう助三郎」

助三郎はじっと老公を見つめたままで頭を下げた。淡々としたことばの底に、格之丞に対する限りない愛情が読みとれるからであった。

「そうじゃ。そのほうは佐々木助三郎といたせ。佐々木助三郎、渥美格之進。それを略して助さん、格さんじゃ」

「心得ましてござりまする」

「で、これも格之丞めのおかげじゃが、そう決まったら、伊達家の宰領は待たずに、ひと足先に西山荘を出かけようかの。助さん、格さんが旅に出たと先にうわさが立っていたら、いくぶん格之丞めの隠れみのにはなるであろう」

「たしかに」

　武骨に答えた郡兵衛の目が、かすかに赤くなっていた。

8

　格之丞の出奔から老公の旅は早められたが、竜が崎から差し立てられる伊達家の年貢銀もまた早まって、一行が西山荘を立つ日はすでに久慈に近づいていた。

　五頭の馬は銀を積み、馬の口をとる者のほかに、一頭ひとりの武士が警備についている。それに宰領を加えると十数人だった。

　しかし、西山荘を出るときには、老公はまだそれを知らない。

　家臣たちがそろって桃源橋まで見送ろうというのをきびしく止め、門を出ると三人になっていた。

　老公は茶の十徳に宗匠ずきん。旅のかり名は水戸の名主光右衛門（みつえもん）。供は助さん格さん。

助さんのほうはどうやら町人にも見えそうだったが、塚田郡兵衛の格さんはからだつきがなんとしても武士であった。

格之丞の失踪は西山荘の人々へも堅く口どめし、郡兵衛の渥美格之進を格之丞といいふれさせることにした。

「これこれ格さん」

「はっ、お召しで」

「お召しはいかんな。どうだ。いい空のいろであろうが」

「仰せのとおり、春にはめずらしい瑠璃いろの空にござりまする」

「いかんいかん。もう少し砕けたことばづかいにならぬと、なあ助さん」

「さようで」

きょうも桃源橋のたもとまで放ち飼いの鶴が送って来た。

(いったい胸中に何を考えておられるのか?)

まず仙台候を青葉城にたずね、表面は金のくめんに来たと見せかけて滞在する。いや滞在していると見せかけて、その実江戸へ微行する考えにちがいないのだが、さて、その旅で何をやろうとしてるのかは助三郎にもわからない。

かれの相談されたのはどこまでも旅の道筋であり、参詣してゆく神社仏閣であり、泊まるべき旅館などのことであった。

「助さん」

「はい」

「ごらん。雁が渡ってゆく。春の雁だな」

「寒い国へもうもどろうとしているので」

「うん、暖かい国がよさそうなものだが、寒いところへ、わざわざもどる」

「ご老公のお心に通うところがございましょう」

「それそれ、おまえまで、ご老公はよくないぞ。そうか。そういえばわしの心境に似ていない……こともないなあ」

わざわざ西山荘へ世を避けていながら、またきびしい政治の風の中へもどってゆく。それもいっさいの権力の衣はぬいで、飄々乎（ひょうひょうこ）として一介の隠居の身で。

「春の雁か……」

ことばのひびきは柔らかかったが、胸の中に何か期待するところがあるのにちがいない。

「ご隠居さん」

「なんだな、助さん」

「そのお姿で、陸奥守さまをたずねられたら、驚かれましょうなあ」

「うむ。あまりおどろかせないように、その手だても考えている。百姓の光右衛門は、これでなかなかしゃれ者だよ」

また一行の頭上をかすめて雁が渡った。

点々と村から谷と梅の花がましろく、うすくれないにつづいている。

渦中の人

1

呉服橋御門内にある柳沢吉保（やなぎさわよしやす）の屋敷では、去年新築された御成御殿の庭づくりにいそがしかった。

将軍綱吉の次のお成りは桜の季節――と思っていたのが、とつぜん梅見に来るという。

菊の季節には菊をあつめ、桜、あやめとお成りのたびに趣味を変えた。が、梅はこんどが最初であり、それを伝え聞いた諸侯が、各自の江戸屋敷からぞくぞくと名木をはこんでくる。

むろん、それもこれも吉保への追従（ついしょう）だったが、そうしなければいられぬほど、吉保の勢力が諸侯を威伏せしめているというのではなかった。

吉保はけっして、さしたるきけ者ではない。ただ将軍綱吉が、かれ以外をぜったいといってよいほど側に近づけなくなったことから、ふしぎな阿諛がうまれていった。

吉保には自分の意見、自分の見識はさしてなかった。ただおのれをころし、おのれをむなしゅうして将軍の意を迎えるだけなのである。

その意味では、類のない大忠臣（？）とでもいおうか。

「——あやつはけしからぬ」

と、綱吉がいえば、

「——仰せのとおり、実はかようなふつごうもございました」

と、ふつごうをあげてゆくし、

「——あれはなかなかよい男だ」

そういわれると、

「——まったく、ご賢察のとおり、こんな良いことをいたしました」

と、意を迎える。

したがって、わがままな綱吉は一にも二にも吉保でなくては納まらず、苦言や諫言をする者などは絶対に近づけない。

諸侯は吉保のそうした、おのれをむなしゅうした追従をおそれるのである。

屋敷の広さは、およそ七千坪あまり。

将軍自身が千代田城とは目と鼻の大名屋敷へ幾日か泊まられる……そんな前例は綱吉以前にはないことなので、これもじゅうぶんに諸侯をおそれさせる武器にはなった。

押し開かれた表門まで諸侯の手で運ばれた名木は、そこで城内お庭づくりの、山本道句、道意、道雲、鎌田(かまだ)庭雲、芥川小野寺などの手に渡されて、おのおのの風致にしたがって配置を考えられる。

なにしろ、咲きかけた梅をにわかに移して、そのまま花を見せようというのだから扱いがむずかしかった。

その門前に、微笑しながら立っている吉保のもとへ、用人のひとりが近づいて何か耳打ちした。

「なに、水戸家の藤井紋太夫(ふじいもんだゆう)が……梅であろう。いただくものなら至急にと申せ。あすじゅうには仕事は終わるとな」

「ところが、梅のことではないようで」

「なに、梅のことではないと……」

吉保はふとまゆ根を寄せて考えて、

「うむ、そうか。わしのほうから頼みごとがしてあったか」

そのまま庭先を数寄屋の縁へまわっていった。

どこもかしこも掘り返されて、その中央に戸を閉ざされた御成御殿がいかめしく建っている。

それだけに、吉保の好みの数寄屋がいっそう低く質素に見えた。

「おお、貴殿であったか」

吉保は、商家のあるじのような気軽い微笑で、窓の中の紋太夫に声をかけた。

2

城中で見る吉保には、このごろ近よりがたい冷たさが出てきていたが、屋敷で会うとがらりと調子は変わっていた。

老中筆頭という衣をぬいで、ここではつとめて恨みを買わぬ苦労人であろうとする。

「いやはや、上さまご性急のお申しつけでな」

いいながら上座へすわると、

「そちたちはさがっていよ」

この屋敷の名物になっている、きらびやかな装いの侍女たちをさがらせた。

「どうじゃな。水戸のご隠居は？」

「そのことについて少々……」

藤井紋太夫は、きちんと正した姿勢だったが、べつに頭は下げなかった。男にしては珍しいほど端麗な顔だちで、その目に世なれた愛嬌と頭脳のさえをやどしている。

「このうえ、上さまにご意見などされてはかなわぬ。すでに小判の改鋳は決まったことじゃ」

「恐れながら、そのご意見を止める手段、策あらば承りたいと存じまして」

「いや、それはわしのいうべきことではない。おぬしたちが考えることとじゃ」

「と、おおせられまするが、家中の者など眼中にないご老公、このうえとも上さまに再三ご意見申し上げたら、どのようなことになるかは、ご明察かと……」

紋太夫はそういうと、急に声をおとしてあたりを見た。

「わたくしめの考えでは、小判改鋳の反対もさることながら、それ以上に、上様のお心にさからうことがしるされてあったかに承っておりまするが」

すると、吉保は明らかに狼狽のいろを示しながら、とぼけた表情で火おけに手をかざした。

「ほほう、それは初耳じゃ。どのようなこと？」

「恐れながら、上さまにお世継ぎなき場合のこと」

「水戸のご隠居は、どなたを立てようと言われるのじゃ」

「甲府からにござりまする」

「なるほどのう。さようのことも書いてあったか」

「世間にはまだそのほかに……あなたさまのご意中というううわさまでが流布されておりまする」

「このわしの意中じゃと。申してみよ」

「はい、紀伊の綱紀（つなのり）さま」

「ほほう……」

「が……この紋太夫はそのうわさを信じませぬ。あなたさまのご意中はたしかに別と」

「なにッ」

吉保の眼がきらりと鋭く光ってゆくと、紋太夫は傍若無人にその視線をそらして、

「あなたさまのご意中は、たしか当お屋敷において、あなたさまのお子としてご養育あそばされている吉里君」

ずばりといって、パチリとひざの白扇を鳴らした。

吉保の答えはしばらくなかった。

おそらくそれは、恐怖にちかいおどろきだったにちがいない。吉里はまだ世間では、吉保の嫡子と信じられているのだから。

しかし、事実は綱吉の落胤で、ここにも吉保の忠実ぶりがかくされていた。

それにしても、そうした秘密を藤井紋太夫はいったいどこからかぎつけたのか。

なんの目的で、とつぜんそれを言いだしてきたのか?

吉保はしばらく息をつめて紋太夫を見つめていたが、やがて大きな吐息といっしょに、

「紋太夫、そのようなこと、耳にはいってもけっして他言するでないぞ」

と、小さくいった。

3

吉保の嫡子——と、世間に発表されている吉里の生母は、名を染子といった。

染子は京の近衛家から天英院が輿入れして来るときに十三歳でお供してきて、大奥で勤めているうちいつか将軍綱吉の手がついた。

手はつけたが、綱吉はそれほど愛していなかったとみえて、

「——染子をそちの妾にとらそう」

柳沢吉保にくれてしまったのである。

吉保はありがたくいただいて、わが屋敷に連れて来てびっくりした。

染子はすでに妊娠していたのである。

吉保はそのことを綱吉に告げ、ただちに屋敷うちへ新しく別の御殿を建ててそこへ住まわせ、主君の愛妾として自分ではずっと臣礼をとってきた。

実は、綱吉が吉保の屋敷へしげしげとお成りになるのは、その染子のもとへ通うのも一つの目的。また、わが子とわかった吉里に会うためでもあった。

それが近ごろ、特にはげしくなったのは、ほかに生まれる子どもが次々に夭折して、

世を継がすべき子がないからだった。

むろん、こんどの梅見にも、吉里を見たい気持ちと、吉里を世継ぎにする相談をしたいあせりが裏にあるのはいうまでもない。

吉保にしても、自分の手もとで育てている吉里を、将軍の世継ぎにしたいと願っていることはいうまでもなく、そのためにいちばんじゃまなのは水戸の隠居であった。

藤井紋太夫のいうとおり、小判の改鋳に反対されるよりも、実はこのほうが吉保にとってははるかに手痛い。

それをしかし、紋太夫はどこからかかぎだしてきたものか。

吉保の狼狽をたのしむように、パチリパチリと白扇を開閉していた紋太夫は、

「ご老公が、こんども再三ご意見する……といたしますると、上さまはどのようにあそばすか、念のためにそのこと伺いとうござりまする」

と、またいった。

吉保の額には、かすかな汗がにじんでいる。

自分の口からはいちばん言いたくないことを、紋太夫は言わせようとしているのだ。

すでに自分が西山荘へ刺客までも送っているのを承知のうえで。

「世間では、われら上さま側近のこと、五十一僧で、政治を自ままにするというておるそうな」

「はい。そんなうわさもなくはございませぬ」

「五十は、わしに、牧野備後、松平右京、稲垣対馬、それに勘定奉行の萩原近江(はぎわらおうみ)のことでもあろうし、一僧とは上さまご生母桂昌院さまご信認の護持院の隆光僧正のことであろうな」

　藤井紋太夫は黙って吉保を見つめていた。五十一僧のうわさはすでに過去のことで、今では一にも二にも吉保の進言どおりになるのをよく知っているからだった。

「わしはべつじゃが……いいか、わしを除いたこれら四十一僧の意見では、水戸の老公が執拗に上さまの政治をさまたげられるなら、水戸と西国のさる大々名とが心を合わせて、政権を朝廷へ返させようとたくらんでいる、そのたくらみをあばかねばならぬと申している」

「なるほど」

　と、紋太夫は冷ややかにうなずいた。

「それを伺って、安堵しました。それではわれらの腹も打ち割ってお話し申し上げられ

ます る」

4

やはり、藤井紋太夫は並みたいていのくせ者ではなかった。

どこまでも将軍家にたてつくならば御三家とても容赦はせぬ。謀叛(むほん)を企てたものとして処理するという吉保のことばを聞いて、

「――それで安堵いたしました」

と、顔色も変えずにいってのける。

いったい、この能役者あがりの水戸の家老は何を考えて、何をたくらんでいるのか？

「ほほう、おぬしにはまだ、わしに割らぬ腹が残っていたのか」

「恐れながら天下の一大事と存じましたれば」

「なるほどな。天下の一大事でないこともない。将軍家おんみずから親藩の水戸征伐の軍でも起こさねば相ならぬ仕儀になってはの」

「そのときにはご老公おひとりの、がんこ変屈では事は済みませぬ」

「いうまでもないことじゃ」

「お取りつぶしのうえ、当主中将さまも軽くてご切腹。藤井紋太夫は、あなたさまのおそでにすがって、この危機を切りぬけとうござりまする。いや、広言恐れ入る儀ながら、天下に大騒乱を起こさず、水戸の紋太夫をおいてほかにはないかと自負いたしておりまする」

こんどは吉保が、射ぬくような目をして紋太夫を見つめだした。

はじめには、老公をだまらせる策を教えてくれなどといっていながら、こんどは急に、吉保や綱吉の希望どおり、水戸の藩論をまとめてみせると言いだしているのだ。吉保は口にこぶしをあてて軽くせきをしながら、

(この男の望んでいるものはいったいなんであろうか)

と、考えた。

吉里擁立のことは、おそらく水戸が賛成すれば、尾張も紀伊も反対はすまいと思われる。

将軍自身が、吉里は、たしかに自分の子であるというのだから。

しかし、老公だけはがんとして、そんなことは一笑に付するにちがいない。

「――上さまには狂気召されましたか。いったん臣下にくだされた女性、その女性がく

だされた館で産んだ子をわが子などと。いったいその女性に弥太郎（吉保）が手をふれたかふれぬかなどということ、世間のだれが信じましょうや。そのようなことが許されたら、宗家は家督をめぐって陰謀の巣になり果てること日を見るよりも明らか」

例の白髯をふるわして、綱吉をしかりかねない。

そしてそのあとで、自分も兄の子の綱条に家督を譲った。将軍家もすべからく、兄君甲府侯の遺子家宣（六代将軍）を世子とするのが道であろう、と説きたてるにちがいない。が、ほかのことならとにかく、このことでは絶対に綱吉も光圀に譲るはずはなかった。

と、いうのは、綱吉の子ぼんのうは類を絶している。現に、犬公方とかげ口されて江戸市民をおそれさせている生類あわれみの令も、五十一僧のその一僧隆光に護持院を建てさせたのも、やたらに大奥に妾をふやすのも……いや現に、世評をよそにしてたびたび吉保の屋敷にやって来るのも、みなその子どもほしさの一念から出ていることを、尾張も紀伊も知っているからだった。

「しかし、おぬしに水戸がまとめられるか？」

吉保はさぐるようにいってあごをなでた。

5

紋太夫は、きまじめな表情で、

「上さまや、あなたさまのご決心をうかがえば、紋太夫も水戸の臣、主家のためにもまとめねばなりませぬ」

「ふむ。それで老公の口はどうして封ずる？」

紋太夫はそれには答えずに、

「当主綱条さまにご決定をせまり、そのあとで主家の興廃にかかわることと説きたて、順次にわが派をふやしたうえ、家中一統の意見として、老公乱心のこと、あなたさまから上さまへお届けおき願いとうござりまする」

「なるほど乱心しての上申ゆえ、お取り上げなさらぬようにとな。しかし紋太夫、ご隠居ははげしいご気性ゆえ、狂っておらぬ証拠を見せるなどと、登城してくるかもしれぬぞ、そのときはなんとするのだ」

「天下のため、水戸家のため、やむなくば監禁いたしまする」

紋太夫は顔いろも変えずに淡々と言ってのけ、しずかにまた吉保を見まもった。

吉保の表情に、ふと笑いに似たかげがうごいた。おそらく吉保とは正反対の、しかし、これも忠義ではあろうと思った。が、将軍家でさえ一目おかせられているあの隠居が、この白面の家老にはたして監禁できるかどうかはまだ疑わしかった。

「紋太夫、いったい貴公は、いま水戸家でいくらいただいている」

「八百石」

「ふむ。八百石の家老か。同じ家老の山辺若狭は？」

「二万石」

「中山備前は」

「一万五千石にございます」

「するとおぬしは、おぬしの八百石取りの勢力で、二万石も一万五千石もおさえてみせると申すのだな」

「恐れながら、水戸中将は三十五万石にござりまする」

「なに？」

「三十五万石の当主をしっかりと握ってあれば、一万五千石や二万石、少しもおそるるに及びませぬ。それに……」

と、いって、こんどは紋太夫、しずかな微笑をうかべてみせた。

「もう一つ、ご老公を去勢する手段、すでに手配いたしてござりまする」

「ほほう。あのはげしい気性をそぐ手だてをな、どんなことじゃ」

紋太夫は微笑しながら窓からそとへ視線をうつして、

「紋太夫めも、このお屋敷に、名木一株献じたくしたくは整えてござりまするが」

「名木を?」

「はい。ご老公がことのほかにお目をかけられている名木を。この名木が当屋敷にあるかぎり、老公は涙をのんで口をとざすやもしれませぬ」

「そのような名木が……あるのか」

「ござりまする。物言う名木、水戸一の花をつけて、いままっ盛りのかおりたてている名木……」

「女性か」

「仰せのとおり」

「隠居が目をかけている女性か」

「目をかける……というよりも、目に入れても痛くない名木」

「じらすな。はっきり申してみよ」

「ご老公が市井にかくして育てられた、姫君にござりまする」

紋太夫はそういうと、また柔らかく微笑した。

6

「なに、ご隠居のおとしだねと？」

さすがの吉保もこれだけは意外だったとみえて、

「まことか紋太夫」

身を乗りだして、おもわず声をおとしていた。

「して、その名花、すでにおぬしの手にはいっていると申すか」

紋太夫はまた高い鼻のわきに、かすかな笑いをうかべた。

「この場へ呼んで、お目通りいたさせましょうか」

「なにこの場へ？」

「献木、お受けくださるものと存じ、門前まで持参してござりまする」

「ウーム。すでに伴い来たって……」

「はい。その名木の花、もし上さまのお目にとまらばこのうえなし。あるいは、あなたさまお目がねにてどなたさまに手折られようと、当方には少しも異存はござりませぬ。ただその名花ご老公のおとしだねと……拙者は知らずに献じた体に願わしゅう存じまする」

「見よう。これへ持て紋太夫」

「では」

紋太夫はしずかに一礼して出ていった。

吉保はまだ信じられないというふうに、軽くうなりつづけている。

「あの隠居のおとしだね……それがまことならば、これはなかなかおもしろいが」

今をさかりの花――といえばいずれは十八、九というところであろう。子の憎い親はない。まして、老公の子のいとしさは格別のものらしい。

あの希代の英傑豊太閤（ほうたいこう）も、晩年に生まれた秀頼（ひでより）のためには、五大老に涙を流して行く末をたのんだというし、東照権現も、末の三子にはわざわざ紀伊、尾張、水戸の御三家を立てさせている。

いや、そんな遠いことをいうまでもなく、現将軍の綱吉が、子ほしさにいかなること
もやってのけているではないか。

「そうか、あの隠居にそんな娘が……」

それが事実だったら、なるほど光圀を沈黙させることができるかもしれない。

そのような事実は知らなかった体にして、将軍に献じてもよし、自分の妾にしてもわ
るくはない。

もしその姫に子でも生まれたら、たとえばそれが吉保の子であっても、光圀にとって
は孫ではないか。

いずれ後に、そのことを表だてていったら、柳沢家の基礎には大きな重みが加わるに
ちがいない。

「おもしろい！」

もう一度ひとりでひざをたたいたとき、廊下にしずかなきぬずれの音がした。

「藤井紋太夫、水戸の梅一輪、召し連れましてござりまする」

「苦しゅうない。はいれ」

「はっ」

ふすまを左右にひらいたのは、吉保自慢の名花たち。

吉保の目は星のようにかがやいて、紋太夫のうしろにうつむきかげんに立っている千鶴と両側の女たちを見比べた。

「さ、美濃守さまの御前ぞ。ごあいさつ申せ」

すでに吉保の腹を読みきっている紋太夫は、衣装から立ち居ふるまい、事こまかく教えこんできたとみえ、千鶴はしとやかに敷居ぎわにすわった。

「水戸の筆匠、石川玉章の娘、千鶴と申しまする」

「千鶴か、そうか、千鶴と申すか」

吉保はねり絹に似た千鶴のうなじのあたりから、ふくいくとかおってくる蘭麝を感じて息をのんだ。

7

「さ、苦しゅうない。もそっとはいれ。顔をあげよ」

吉保が声をかけると、そばから紋太夫もことばをそえた。

「美濃守さまは、下々にやさしいご寛大なおかたゆえ、おことばにしたがって。よいか。何かおたずねあったら、直接お答え申し上げてよいぞ」

「はい」

千鶴ははじめて顔をあげて、しずかに吉保を見上げていった。

「うーむ」

と、吉保はうなった。

似ている。すずしく張った目から鼻へかけて、光圀の気品とにおいがそのままだった。

「そうか、水戸の筆匠……何と申したかな」

「石川玉章と申しまする」

「そうか石川玉章……すると、そなたは、水戸の老公にお目にかかったことがあるか」

「はい。ご老公さま、時おりおしのびで筆を選びにお見えの節に」

「うむ。そのときわざわざそなたにお目見えおおせつける」

「いいえ、特別に、お目見えはおおせつけられませぬが、ご休息のおり粗茶をはこぶのがわたくしの役目でございますゆえ」

「そうか。ご休息のおりに……して、何かおことばを賜わったか」

「はい。いつも父をたいせつにせよと」

「それだけか」

「おなごは心からのやさしさがだいいちと……そして、和歌のお手本など拝領したこともございます」

「ほほう和歌を……すると、そなた和歌もよめるな」

「お恥ずかしゅうございます」

「ふむ。よしよし。いずれ老女にさたさせよう。これ、千鶴を休息させてやれ」

いってから、もう一度吉保は、

「待て」

と、千鶴を呼びとめて、あわててすわろうとするのを手で制した。

「そのまま、そのまま。そなたも存じおろう。当屋敷の御成御殿には、公方さま、時おり玉歩をはこばれる。そのおりにはお目通りへ出なければならぬこともあるゆえ、立ち姿も見ておきたい。おお、こっちを向いてみよ。よしよし。それからこんどは左を……」

言われるままに千鶴は右へむき、左へすそをさばいてゆく。それは、いじらしいほどすなおで、あでやかで、しんけんだった。

おそらく藤井紋太夫に、かたく何事か言いつけられ、その命にそむくまいと必死につとめているのであろう。

「なるほど名花！」

横顔にもうしろ姿にも、一点の非のうちどころもないと見てとって、吉保はポンとひざをたたいた。

「よし。さたするまで休息させよ」

千鶴はポーッとほおを上気させ、しとやかに一礼して、ふたりの侍女にともなわれて去っていった。

「献木、お気に召しましたか」

「うむ、納めておこう。なるほどこれは、隠居の一件はなくとも、りっぱに名花で通る香気じゃ」

「お気に召して、紋太夫これ以上のよろこびはございませぬ」

「したが、あの娘、自分では隠居のおとしだねとは知らぬようじゃな」

「時節の来るまで知らすべからず……と、これにも心をつかいました。家中の者もむろんのこと、知るは、老公ご自身と石川玉章。あとは拙者だけかと存じまする」

8

「相わかった。が、時節の来るまで本人に隠居の姫とは知らさずにおくと、どのような利便があるか、それもついでに承ろう」

吉保もさすがに打つべき石は打ってくる。要所要所へ質問の矢を放つことで、藤井紋太夫という人物の輪郭をハッキリさせようとしているのだ。

紋太夫はむろんそれに気づいている。かれはふたたびひざを正して、舞台にあるかのような静かな姿勢であった。

「すべて、一つのことの成就に備えるには、三段の構えがなければならぬかと存じまする」

「なるほど……すると、隠居の姫を当方へ止めておくのは、まだ二段めだというのだな」

　紋太夫はうなずいた。

「万一ご老公が、姫のことなどおかまいなく、家督のことこそ大事と、出府することでもございましたら、そのおりには、表向きは乱心、裏では叛心ありと上さまお疑いの由をご老公に告げさせまする」

「ほほう」

「ご老公それにてもなお、お止まらずば、ご老公に叛心ありとの証人、すでにお手もとにあり。登場ご無用と諫言する。そのおりに、証人とは何者じゃと問い返される。されば、証人は石川玉章が娘千鶴と」

　吉保はポンとひざをたたいて、こんどはのびやかに笑いだした。

「考えたなおぬしは。それでよくわかった。吉里君擁立に同意させるとあらば、身もまた水戸家に瑕瑾なきよう取り計らおう」

　そういってから、ぐっと肩をおとして、

「さすれば、おぬしも水戸家の柱石。八百石ではなくなろう。が、おぬしの働きしだいでな、身が吉里君に推挙してもよい。なにも水戸の禄でなくともよかろう」

「恐れ入ってござりまする」

「では、心をつけられた名木、たしかに納めた。上さまお成りの席で、必ず上さまのお目にとまるよう、格別の計らい、なんとかよく考えよう」

「ありがたきことに存じまする」

「ほかに何か気づいたこともあらば申しておけ。取り込み中じゃが、ほかならぬおぬしのことゆえ聞いておく」

吉保がこのようなことをいうのは、よくよくのことであった。

(これでよい。吉保は、わが才能をみとめたのだ)

紋太夫はわざとへりくだって平伏して、

「もはや申し上ぐることはございませぬ。あなたさまお気づきのこともあらば、何刻にてもお召しのうえ、お命じくださらばありがたく存じまする」

「そうか。では、きょうはこれで」

「おいとま申し上げまする」

紋太夫は、うやうやしく一礼して廊下へ出ると、おもわず、笑いがこみあげそうになってきた。吉保をうごかすことは、とりもなおさず将軍綱吉をうごかしたも同様だった。

　名もなき町人の家に生まれ、寺小姓から能役者、それから光圀の小納戸役をつとめ、やがて才腕を買われ当主につけられた。

　そして、とにかく今は、側用人から家老にあげられている。

　しかし、かれはそれだけでは満足はしなかった。当代出世がしらの柳沢美濃守に近づくために、わざわざ吉保の家老、薮田五郎左衛門の娘を妻として、機会をねらっていたのである。

　そして、舅に吉保を引き合わさせ、その吉保をきょうはついにわが意のごとく動かしえたのだ。

　笑うまいとしても、微笑はおのずと紋太夫のほおにあった。

梨花の憂い

1

千鶴は、柳沢家の老女、多賀野の前に立たせられて気もそぞろであった。

すでに将軍家からお成りの日の督促があった由、その日の趣向にかなうようにと、今まで教えられてきた作法とは、まったくちがったしつけをうけている。

「かりにも上さまのご前に出る身、そそうがあってはなりませぬ。よいかの。しかも千鶴どのは、お殿さまかく別のおぼし召しにて、新造ではなく、太夫職でござりまするぞ。よいか」

おおぜい集められた天下の美女、美少女が、幼きは『かむろ』と呼ばれ、長けたるは『新造』その上に『太夫』というのが七人あった。

その太夫のひとりにあげられて、髪も立兵庫とかいう太夫まげに直され、衣装も目のさめるような金糸銀糸の縫いとりがついていた。

歩き方もちがっていたし、すそのとりようにも作法があった。いや、それはまだよいとして、ことばがまったくちがうのである。

将軍家を上さまとは呼ばずに『お大尽――』というのだそうな。そして、将軍とともにやって来る側用人のたれかを相手と名ざされたら、その人を『ぬしさんえ』と、呼ばなければならない。この場合、もし将軍家おんみずから、そなたがよいといわれたら、このときにも『ぬしさんえ』と、いうのだそうな。

「さようでございます」

というところは、

「そうでありんす」

「くだされませ」

と、いうところは、

「くださんせいな」

しかも、もう両三日中には上さまお成りになるのだそうな。ことばづかいも心配だったし、身のこなしも気にかかったし、小さな胸はどきどきするし……

しかもそれを千鶴は、どんなことがあってもおちどなく勤めなければならないと思っている。

なにが彼女を、そうしんけんにさせたのか？

その意味では藤井紋太夫は、人を動かす天才であった。

紋太夫は、千鶴のかごが小石川の水戸屋敷通用門をくぐってくると、わざわざ自分で出迎えた。

そして、さっそく衣服を改めさせて当主綱条の前へつれてゆき、

「――なにかとそなたの力が借りたい。頼むぞ」

と、言わせたのだ。

一介の町娘と思い込んでいる千鶴にとって、水戸中将じきじきのおことばは、顔もあげえぬほどに胸を打った。

「――殿おんみずから、そなたに頼むとおおせられた。いかに大事が起こっているかわかるであろう」

御前をしりぞくと、紋太夫は、わざわざ人を遠ざけ、声をおとして千鶴にいった。

「これはな、そなたでなければならぬご奉公じゃ。そなたご存じのご老公さまはむろんのこと、水戸の家中すべての浮沈にかかわる一大事。よいか、お家を救う人柱になって

くれよ」

感じやすい娘の心へ食い入るように説きつけた。

ご老公が極度に将軍家に憎まれていること。大日本史の編纂から水戸に叛心ありと言いふらされていること。もし、万が一にも柳沢美濃守のきげんを損じると、それで水戸家は取りつぶされるであろうこと。

そうしたことを言い聞かされて、わが身はささげたつもりの千鶴なのだ。

「さ、したくがよくば渡り殿へ来やれ」

きびしい顔で老女がいった。

2

多賀野の声にせきたてられて、かむろ、新造を従えた七人の太夫たちは、御成御殿へ渡る高廊下へ集まった。

どこから、どう手をまわして集めたものか、女たちの中にはほんものの吉原育ちもまじっている。

それらが陰であらゆるしぐさのさしずをしているにちがいなかったが、七人の太夫たちはいうまでもなく生娘だった。

すでに御成御殿まで供する人数は決まっていた。お側頭(そばがしら)の松平右京太夫、仙石因幡守(せんごくいなばのかみ)、青木甲斐守(かいのかみ)以下の大名たちには太夫職があてがわれ、お小姓、小納戸衆にもみなそれぞれ吉原遊びの味を味わわせようというのだから、一度や二度の演習ではすまなかった。

大玄関に着いた将軍が、吉保にみちびかれて、左手の高廊下を御殿にわたって着座する。そこで、まず吉里と対面あって、吉里がひきさがると、すぐに右廊下から太夫たちが現われるという規定だった。

「さ、よいか。上さまご着座なされましたぞ。ただいま、吉里君とご対面。はい、済みました。では」

老女の声で、このふしぎな一行は、かむろ、新造をしたがえて、あぶない足どりで廊下をわたりだすのである。

きょうはきれいに戸をあけ放された御殿の内側まで、うららかな日がさしこんでいる。

庭に植えられた梅の名木には、こぼれるように花がひらいていたし、どろを洗われた泉石には、きれいに苔までつけられている。

おそらくこうした早わざは吉保ならではなしえまい。かれは将軍のよろこぶことなら、どのようなことも「善――」と信じこんで骨身をおしまぬ。

千鶴は廊下に立って目がくらくらした。朱塗りの欄干からながめおろした庭の高さも気になったが、それよりも、正面に、将軍家のすわっているときのことを思うと、ガタガタひざがふるえてくる。

それは、まだ彼女が、自分の役割をはっきりと知りえないからであった。

きょうはおけいことあって、まだ姿は見せなかったが、お成りの当日は、この太夫の先頭に、お染の方が立たれるそうな。

そして、お染の方が、その日の将軍のお気に召さぬときには……そのときには千鶴と……彼女の立場はひどくあいまいだった。

いや、千鶴はそこでもし将軍のお気に召したとしても、そのあとのことはどうなるのか想像もつかなかった。

吉原とか妓楼とかの話はまんざら聞かないこともなかったが、自分には縁のないことと思ってきた。

なにごとも老女のさしずに従って、失礼のないように——自分に言いきかせながら、しかし全身の震えてゆくのは止めようがなかった。

「これこれ、水戸太夫どの、その歩きようはまあ。かりにも大まがきのお職の太夫、そんなおびえた歩きようではなりませぬ」

「は……はい」

「はいといわずに、こうでありんすかと、ずんとそってごらんなされ」

「は……はい」

「はいではないといっているのに！」

「はい」

きびしい顔でしかられると、ことばどころか涙が出そうになってくる……

3

あやうく涙をのみ、右づまを高くとって正面を見てゆくと、父の顔や、お藤の顔がチラチラする。

いやそうした肉親の顔のほかに、ご老公が見えたり、水戸中将が見えたり、頼むと繰り返した藤井紋太夫の顔が見えたりする。

「それそれ、浜松太夫、肩が落ちました」

「それ、こんどは浪花太夫が」

それぞれ出身地をそのまま源氏名になぞらえて、どこから、どんな美女が献じられてきているかを将軍にわからせるようにしているのも、吉保らしいやり方だったが、水戸太夫と呼ばれるたびに千鶴は心をとり直した。

こんな妙な遊びが、どうして水戸一藩のお役にたつのかそれはわからない。が、ただ柳沢吉保のきげんを損じてはならないし、水戸の名をはずかしめてはならない。

ようやく長い廊下を渡った。

御殿の中には、ここに将軍家、ここに小姓、ここにお側頭の松平右京と、きちんと、しとねで位置をしめしてある。

そして、この妓楼の亭主役をつとめる当の吉保は、きょうも自分の席にすわって、みんなの渡ってくるのを見ているのだ。

千鶴の位置は将軍の右手であった。左手にはお染の方の席がとってある。

みなが席につくと、

「だいたいよかろう。ご苦労だった」

と、吉保はいった。

「よいか。ここでは将軍家もお側役もない。みなさるお大尽と、その取り巻きと申すものゆえ、太夫はけっして恐れ入ってはならんぞ」

「あい」

と、だれかが答えた。

どの目もなかばおびえている。おそらくこれほど残酷な遊びはなかろう。吉保とてもむろんそれは知っているのだが、将軍家がわざわざ吉原にお成りになれないかぎり、お気うつを慰めるのにはやむをえないと思っている。

「さて、それから水戸太夫、そなただけに申し聞かしておくのだが、もし、将軍家がそなたがよいとおおせられたら、さて、そのときから、そなたは太夫の心ではあいすまぬぞ。他はお側衆のお相手ゆえ、みな廓（くるわ）のしきたりどおりでよい。が、上さまの場合だけは、大奥のそれに従わねば相ならぬ。万事は多賀野のさしずをまつように」

千鶴はかすかに頭を下げたが、ことばの内容は少しもはっきりしなかった。

大奥のしきたりもわからなければ、廓のしきたりも知るはずがない。いや、それよりも上さまがお気に召したということが、どんなことにつながるのか？　それすらあいまいで不安であった。

演習は次に移った。

酒宴から、さまざまな演芸のあった心得にて、いよいよお引け——である。

ひとりずつ自分の手をひいて、寝室にいくことになってハッとした。

はじめてハッとしたのは千鶴だけではないようだった。浜松太夫と呼ばれたいちばん若い娘の顔は、化粧の下で見るまに血のけのひいてゆくのがわかった。

「では、あの……これから……」

「お床入りじゃわいな。さ、こういうふうに手をとって。うきうきと」

廓の者であろう。ひとりの老婆がしなを作って浜松太夫の手をとると、ワーッとその娘は泣きだした。

4

ここは池の端にある御刀目利所本阿弥庄兵衛の家の奥座敷であった。

先代はすでに隠居して、庄兵衛をついだ当主は三十七歳。その前にやせた肩を前こごみにして、五十五、六の老武士がすわっている。

床の間からゆるやかに立ちのぼる香の煙が、主客の間にきびしいわびをただよわせ、色彩といっては砧青磁(きぬた)のはちに植わった福寿草の黄一点。

「では、お目きき願おうかの」

老武士はもの静かな声でそういうと、かたわらの箱をうやうやしく押しいただいてから、赤地にしきの袋にはいった二尺五、六寸の刀を取り出した。

「拝見いたしまする」

「あらためて申すまでもないが、われらが主君、柳沢美濃守さまから、将軍家お成りの節に献上したいとおぼし召されているこの一振り、とくと心して目きき願いたい」

「心得ました」

庄兵衛はうやうやしく老武士に一礼し、これも刀をおしいただいてしずかに袋のひもをといてゆく。

老武士は柳沢家の重臣藪田五郎左衛門。水戸の家老藤井紋太夫の舅であった。

将軍家へ献上の予定とあっては、どこまでも心をすまして見ねばならない。

庄兵衛は作法どおりに鯉口をきって、ひと目で古備前の光忠とわかったが、わざと鋩子さきまで峰をながめ、焼き刃をながめて、ぴたりとさやにおさめていった。

「本日、ただいまお答え申さねばなりませぬか」

「すぐにはわかりかねるといわれるか」

「古備前の長船……光忠とは存じまするが、このつばは奈良利寿が珍品。かかるこしらえの名刀には何か由緒もあろうかと、一両日お預けくだされば、調べてみとう存じまする」

「なるほど」

五郎左衛門はポンとひざをたたいて、

「由緒がわかればおもしろかろう。上さまお成りは明後日の九ツ半（一時）。あすいっぱい預けよう。まちがいの起こらぬようにな」

「じゅうぶん心いたしまする」

「では頼んだぞ」

五郎左衛門が立ってゆくと、庄兵衛はその刀をむぞうさに床の間へのせて舌打ちした。

人にはそれぞれちがった性癖がある。庄兵衛は、いかなる品物を見ても、これは金何両と値ぶみする癖と、ごきげんうかがいの贈り物を目ききするのがいちばんきらいであった。

こうした名刀が、心がけのきたない人間の手から手へ、賄賂として渡ってゆくのがたまらなくいやなのだ。

「これは千両以上の品物だが……いやはや」

どうせ柳沢美濃守では、自分からせがんで、だれかのを取り上げてきたのにちがいあるまい。

したがって、この有名な名刀の由緒も知らずにいるらしい。贈った相手がいまいましいので告げなかったのであろう。

「ばかな話だ。これはたしか、織田信長さまから東照権現さまに贈られ、権現さまが本多家へ下された吹雪丸（ふぶきまる）ではないか」

吐き出すようにいったときだった。

「だんなさま、水戸からだといって、妙な人が裏口へやって来て動きませんが」

困った顔つきで下女が廊下へ立っていた。

5

「水戸から……裏口へ？」

「はい。だんなさまを呼んでくれといいます」

「水戸にならば、いとこがいるが、会うたこともない。娘か」

「いいえ、それがお侍みたいな」

「お侍が裏口から……？」

庄兵衛か首をかしげて、そのまま下女のあとから裏口へ出てみると、なるほど妙な姿の若者が立っている。

身なりは武士の旅じたくで、それが手ぬぐいで職人そのままのほおかむりをして、むっつりと腕を胸に組んでいる。

根がしゃれ者の庄兵衛は、こいつだれかのいたずらであろうとふんだので、

「なんだ用は」

かれもまた、若者とすれすれの位置までいって、おなじように腕を組んだ。

「おぬしが本阿弥庄兵衛どのか」

「知らぬ」

「知らぬ……ではだれだ」

「だれだか知らぬが、人はみな庄兵衛ということはいうな」

「ふーむ」

相手はべつにこの答えにおどろいた様子もなく、

「おぬしにお藤といういいとこがあるのをご存じか」

「知らぬ。見たことがないからな」

「ふーむ」

「貴公はほおかむりも取らずに、妙なことを話しかけて、いったい何者だ」

「拙者か。拙者はそのお藤の情夫(いろ)だ。情夫のことを江戸ではまぶというそうだな」

「そのお藤のまぶが、わしになんの用があるのだ」

「おりいって談じたいことがあって参ったが、聞いてくれるか」

「聞く気はなくても、わしの耳はわるくない」

「ふーむ。おぬし、お藤が困っているのを救うてくれる気はないか」

「お藤がどうして困っているのだ」

「水戸から駆けおちしてきたが、泊まる家がなくて困っている」

「だれと駆けおちしてきたのだ？」

「拙者と」

「すると貴公も、泊まる家がないのか」

「さよう」

　これには庄兵衛もびっくりした。まるきり世慣れぬ会話だったが、だんだん事情がわかってくる。

「すると、貴公は行く先のあてもなくて、わしのいとこを連れ出してきたのか」

「いや、そのときにはゆく先はあった。小石川の水戸屋敷に父も兄もいる。そこへおちつくつもりだったが、断わられた」

「どうして？」

「拙者が武士にあるまじき駆けおちなどをしてきたからだ」

「なるほど、それはそうだろう」

「お藤と別れて、謹慎するならば、おいてもよいという人はあったが、お藤は別れるのはいやだという」

「のろける気か、貴公は。そして、そのお藤はどこにいるのだ」

「そこにいる」

そういうと、格之丞はのこのことへいに近より、

「お藤はいれ」

と、くぐりの外へ声をかけた。

6

庄兵衛ははいってきたお藤を見て、さすがに目をまるくした。会ったことのない肉親だったが、血のつながりであろう、額から鼻すじのあたりが、自分にそっくりだった。いや、幼いころ、かすかに記憶に残っているおばそのままだったといっていい。

それがちらりと庄兵衛を見たまま、消え入るように男の陰へうなだれる。

「お藤か……」

「はい」

「駆けおちしてきたというのは、まことのことか」

「はい」

「おやじさまがご承知ないのに、思いきったことをやるな」

「はい。思いきって参りました」

「待て待て。おまえたちと話していると、わしの頭までヘンになってくる」

「すみません」

「あやまるところもちがっているぞ。それで、わしにどうしろというのだ。おやじさまのご承知ないふたりをかくまえというのか」

「はい、当分お願いしとう存じます」

「当分お願い……なぜ、おやじさまによく頼んで添わせてもらわなかったのだ」

「その暇がございませんでした」

「あまりに色恋に忙しくてか」

「はい。気が急いで」

「気がいそぐ……？　しかたがない。とにかくはいりなされ、ふたりとも」

庄兵衛があきれて舌打ちすると、

「それは千万かたじけない」

こんどは格之丞のほうが、いかにもていねいに頭を下げる。

「これで、地獄で仏に会うた心持ちがいたしまする。さ、お藤、ご好意に甘えよう」

下女の出す洗足（すすぎ）をとって、ふたりが足をふき終わるまで庄兵衛は黙って、この珍客をながめていた。

男は足を洗い終わって縁へあがると、はじめてほおかむりをとったが、よほどうれしかったとみえて、その目にかすかな涙が見えた。

（育ちはわるくない）

ちらりと腰のものに目をおとすと、これも三両や五両の品物ではなく、骨格もきびしいしつけをにおわしている。

きっと、名ある武士のむすこであろうし、腕も立つにちがいない。

庄兵衛はふたりをひとまずさっきの座敷にとおして、できるなら水戸の父親にわびて、許しを得てやろうと思った。

ところが、座敷へとおると男のほうからきちんと名のって、思いがけないことをいいだした。

「拙者は杉浦格之丞と申す水戸ご老公の家臣、実はこちらに、お藤の姉、千鶴どのから、何かたよりはなかったかと……」

「姉の千鶴どの……と言われると、千鶴どのも水戸にはおられないのか」

「はい」

と、お藤が代わって答えた。

「姉さまは、江戸へ連れて来られて、柳沢さまのお屋敷にかくされたのではないかと」

「なに柳沢の？　それはいったいなんのために」

庄兵衛はおもわず声をはずませて、すぐさっき薮田五郎左衛門がおいていった床の間の刀に目を走らせた。

7

格之丞はそっとお藤をふり返って、

「ここにもたよりはないとみえる……」

肩をおとしてぽつりという。お藤もうなずきながらうなだれた。

口では駆けおちとか、情夫とかふしぎなことばをつかいながら、ここにすわらせたふたりの姿には、そうしたみだらさはみじんもない。庄兵衛がひとひざ乗りだして、千鶴のことをたずねようとしたときだった。

「実はお知恵が借りたいのだが……」

と、格之丞のほうから切りだした。

「いかなる身分、仕事でもよい。柳沢美濃守のお屋敷に住み込むことはできまいか」

「というと、貴公はご奉公がしたいというのか」

「あのう……」

と、こんどはわきから、

「杉浦さまがむずかしければ、わたしでもよいのです。どんな水仕事の下女にでも」

「わからぬ。細かく話してみなされ。それと千鶴どのと、どうかかわりがあるというのか」

たまらなくなって庄兵衛が舌打ちすると、はじめて格之丞はとつとつと語りだした。千鶴がほとんどむりにかごで江戸へ拉し去られたこと。それを老公が深く悲しまれているにちがいないこと。

そのあとを追ってふたりが駆けおちしてきたこと。

「使者の田村小右衛門が江戸屋敷にいるところを見ると、千鶴さまを乗せたかごはたしかに江戸屋敷へ着いている。それなのに、その後の行くえがとんとわからぬ。ご主君にお目にかかったというもの。家老の藤井紋太夫が、いずれかへ連れ去ったという者……」

「ふーう。すると貴公は、それが柳沢さまのお屋敷にいると思うているのだな」

「ほかに考えようがない。これは風説じゃが、柳沢美濃守の屋敷には、諸国の美人が集められておるとか」

庄兵衛はまた、黙って若いふたりを見比べた。

これが事実ならば、それこそ容易ならぬ一大事であった。

かれはむろん、千鶴の父がだれであるかを知っている。それが世上のうわさになってはと、わざわざお藤の父は江戸から水戸へ移っていったのだ。

老公と将軍の対立。

柳沢吉保の世評。

現にその吉保の老臣、藪田五郎左衛門は明後日将軍のお成りがあるといって、その日の結構など、あれこれと話して聞かせて帰ったばかりなのだ。

「なるほど……」

庄兵衛はうなりながら、床の間に預かってある例の刀から福寿草に目を移した。

「すると貴公たちは、ただの駆けおちではなかったのか」

「はい。姉さまを捜しだして助けなければ、わたくしも杉浦さまも水戸へは帰れませぬ。お願いでございます。何かよい知恵をお貸しくださされませ」

「お願い申す。このとおり……」

またふたりに頭を下げられて、庄兵衛はホーッと大きくため息した。

老公の一徹な清廉さは江戸じゅうへ知れわたっているし、将軍と吉保の失政はもはや江戸市民怨嗟の的になっている。

かれの気性としては、

（よしッ、引き受けた！）

江戸ッ子らしく胸をたたいてやりたいのだが、その俠気(きょうき)をはばむものは、やはり事が重大すぎるからだった。

（うっかりすると、公方さまと水戸のけんかだ。これはよく考えてみなければ……）

8

格之丞を住み込ませる手づるはなくはないが、この若者はだれの目からもひと目で水戸者と見やぶられる。渡り中間など装わせようとしても無理であった。

と、いって、お藤はどうであろうか？

あるいは手を回して頼んだら、奥女中のおはしたぐらいは勤まらぬこともあるまい。が、これとてうかつに引き受けるわけにはゆかなかった。

もし軽はずみなことをされたら、お藤や格之丞のいのちにかかわるだけではなく、本阿弥の家もどこかに吹っ飛ぼうし、お藤の父親も無事には済むまい。

「いかがでござろう。ご名案はござるまいか」

しんけんな表情でまたうながす格之丞を、

「ま、お急ぎなさるな」

庄兵衛はかるくしかっておいて、むっつりと腕を組んだ。

かれが考えても千鶴は柳沢の屋敷らしい。藤井紋太夫と薮田五郎左衛門は婿舅(しゅうと)、その手づるで吉保にあって、老公のおとし種を献じてゆく、老公はとにかく水戸の雷神なのだ。その娘を献ずるほどの冒険をするならばと、吉保は紋太夫を安心して近づける。

逆説すれば、紋太夫が吉保に取り入るためにはこれ以上の妙策はないといえる。

「わしも妙な風説は聞いているが、これはしばらくこのままにして……」

庄兵衛が言いかけると、格之丞とお藤は言いあわしたように首を振った。

「じっとしてはおられませぬ。もし姉さまが大奥へでも連れて行かれては、それこそ取りもどす手だてはなくなりますもの」

「生命に別状なければ……それもよいではないか」

「これは異なこと！　千鶴さまを人質にとられてはご老公が、白いは白い、黒いは黒いとおおせられてきた従来のお口を閉ざされまする」

「なるほどな」

「庄兵衛どの、お願いします！　われら江戸に来てみて、いよいよ立つべきときが来たと思うてござる。ちまたの評判はお聞きであろう。公方さまを、みな陰では犬公方と呼んでおられる。犬に人間が土下座をする……いったいこのような政治を捨てておいてご奉公の道が立とうか。なんとか拙者を柳沢の屋敷へお世話くだされ。拙者そこで千鶴さまを見つけたら、すぐにお藤どのへ引き渡す手だてを講じ、そのあとで……」

そこで格之丞は声をおとして刀のつかをピシリとたたいた。

「柳沢美濃守の首もらい受ける覚悟でござる」

庄兵衛はハッとして格之丞を見直した。これはいよいよただごとではない。

「そのために、水戸は脱藩、わが家は勘当……」

格之丞はそこでじわりとわずかにひざをよじって、

「この決心うち明けたうえからは、いやといわば失礼ながら……」

「待てッ。お待ちなされ」

庄兵衛はびっくりして手で制した。この若者、いざといえば、自分までも切るつもりなのだ――そう思うと、かれの俠気もぐっと胸であぐらをかいた。

「よかろう。そうなったらわしも男だ。度胸をきめて片棒かつごう。が、早まってはならぬ」

大きくふたりにうなずいて見せてから、ポンポンと手を鳴らして、食事の用意を命じた。

その夜の風

1

　さすがに庄兵衛は男であった。というよりも、やっぱりそれは、柳沢美濃守以下の失政に腹をたてているせいでもあろう。

　まったくこのままでは江戸市民はどうにもやりきれない暗澹さの中に投げこまれている。

　たびたびの奢侈禁止令で、下には服装から乗りものまで、きびしい制限をしいていながら、上の紊乱（びんらん）は話にならぬ。

　なによりも市民が泣かされているのは生類あわれみの令であった。

　発令された当時の精神は、武張ったけんかざたから文化的なおだやかな気風を招来させようというのであったが、発令されてみると小役人どもは、この規則をたてにとって市民をいじめるむちにする。

はじめは飼い犬の戸籍をつくってたいせつにせよというのが、やがて町内の野ら犬まで雄雌の区別を書き上げ、飼う人のないのは幕府の中野へ建てたお犬小屋に収容する……と、そのあたりまではよかったが、やがてお犬さまがおかごに乗って通行し、人間はそれに土下座をしいられるようになっては、もはや正気のさたではなかった。

野ら犬が店先の商品を食いあらしても追うことさえできない。それを見かねてなぐったために召しとられる人間ができたり、あやまって殺したために斬首に処された人が出たりしだすと、悪い小役人はすぐにそれを市民いじめの手に使う。

いま市民は犬と聞くとふるえあがって、しかもそうした悪政に立ち向かうなんの力ももってはいない。

そうしたときに、もし水戸の老公が出てきてくれたら……とは、老公を知るかぎりの市民が、どこかにいだいている悲しい願いであったろう。

それを知っているだけに、庄兵衛はついに格之丞とお藤の請いをいれて、ひとはだぬぐ気になったのである。

食事が済むと、ふたりの当座の住まいに離れの一室を貸してやり、それからこんどは格之丞ひとりを呼んで、何ごとかひそひそと画策した。

おそらくお藤には、聞かせたくないこともあったであろうし、聞かせてはならないこともあったのだろう。

話のすんだのはすでに夜に入って、あたりのあかりが不忍池（しのばず）にちらちらと浮きだしてからであった。

「いかがでした。うまい手だてがございましたか」

夕食はふたりだけですることになり、それも西山荘にいたころとはおよそちがった江戸の町家好みのものであった。

むろんその当時、武家で夫婦がいっしょに食事する習慣などはない。が、ここではお膳を二つそろえて、それに銚子が添えてある。

お藤が銚子をとって格之丞にさすと、格之丞は、まだ武骨な手つきで杯をとりあげ、

「どうじゃ、まだ町人には見えないか」

わざと肩をおとして干してみせ、

「まだ……でも、以前よりずっと柔らかくなられました」

「そうか。やはり武士に見えるか。しかし、これも修業しだいだ。どうだ。おぬしいっぱい飲んでみよ」

しんけんな顔つきで、それはこっけいというよりむしろ悲壮な努力に見えた。

2

「杉浦さま」

お藤は格之丞にさされた杯をしたたるような媚びでうけた。

「いよいよあなたさまはめざすお屋敷にはいりこむ……するとこの杯、藤は夫婦のかための杯と思うていただきまする」

「うむ」

とうなずきかけて、

「いや、待て」

格之丞はあわてて手を振った。

「なぜ、お止めなされます。大事決行と、きまった節に契ろうと、お約束ではございませぬか」

「が……まあ待て」

「待てとは……まだお屋敷へはいりこむ手だて……」

「いや、それはついたが、しばらく待て」

お藤がうらめしそうにひざをにじらせ、肩をぶつけるようにして上体をもたせてくると、格之丞はぶるっと身ぶるいした。

きらいなのではない。うわべはすでに契りあったと見せかけて、その実、せつない武士の意地を立てている。それがもしくずれてはというおそれであった。

お藤は格之丞のあいまいさに、じれきって身をもんだ。

「なぜ、待たねばなりませぬ。あすはこの家を出てゆく杉浦さま……当分お別れでございましょう」

「それはそうだが、しばらく待て」

「待てとおっしゃるなら、待たねばならぬわけ、こまかく藤にお聞かせなされて」

お藤はそれを聞くまではひざをはなれぬ気負いを見せて、いっそうつよく肩で格之丞の胸をおした。

格之丞は大きくため息をして、自分で一杯ぐっと酒をあおってから、

「おれを信じてくれ、お藤」

きまじめな顔で目を閉じた。

「おれは、おぬしと駆けおちした。親兄弟にしかられて勘当をうけた。むろん藩籍も消えている。それもこれもおまえと同じ目的のため……おれはおまえの夫、おまえはおれの妻、のう、それでよいではないか」

「いいえ、それではいけませせぬ」

お藤は首をめぐらせて、恨めしそうに格之丞を見上げた。

「ただそれでよいものなら、昔から杯ごとはしないはず、お藤、身もこころも、あなたの妻になったと思いとうござりまする」

格之丞はこんどは答えなかった。

かれとてお藤のいうのがわからぬほどの木石ではない。いや、現に水戸から江戸へ着くまでの途中の泊まりの苦しさは、まざまざと全身に生きている。

同じ座敷に並べられた夜具の中で、自分も眠れず、相手も目ざめているとわかると呼吸そのものが苦痛であった。

(なぜ人間は、絶え間なく息をはいたり吸ったりしなければならないのか……)

しかし、その苦痛の中で、かれに一線を越えさせなかったのは、やはり武士の意地であった。

直接生産にたずさわらない武士は、いわばこの世の道義の守護職でなければならぬ。それを忘れて百姓町人以下の心になっては。

「――ごくつぶし以外のなにものでもなくなるのじゃ、心せよや」

老公に絶えず言われたその教えが、あやうく本能に勝ってきたのだ。

ところが、今夜は、その一線へお藤のほうから必死でからんでくるのである。

3

無理もなかった。

今夜このままわかれると、それが今生のわかれになるかもしれない。

こまかい話はお藤に聞かせなかったが、庄兵衛と格之丞の打ち合わせた手はずというのは、なみなみならぬ危険をふくんだ奇手であった。

庄兵衛が目ききを頼まれてある吹雪丸をたずさえてゆくときに、格之丞は、供のかたちではいりこむ、そして、庄兵衛とかくべつの懇意な御用庭師芥川小野寺の手の者ということで、こんどの庭の結構を拝観させてもらうため、植木職になりすまして芥川の小屋に残る。

そして、はたして美濃守の屋敷に千鶴がいるかどうかを探ったうえで……というのだが、もし途中でだれかに気がつかれ、怪しまれたらすべては終わりだった。

むろん庄兵衛は、連れていった供は連れて帰った体にするし、芥川小野寺は、

「――さような者は、存じもよらぬ」

と、突っぱねる。したがって警護の者に捕われたら、舌かみきるか、どこのだれともわからぬまま切り死にするよりほかにない。

いや、それなればこそ、いっそうお藤に手をふれてはならぬと思うのだった。

武士はがまんが第一。せつない意地をすててしまっては『士道』はない。その士道の中でも心得として忘れてならぬものはものの哀れ。

「――ものの哀れを知らぬ武士は、操のない女にひとしい」

と、これもつねづね老公の教えであった。

ものの哀れをよくかみわけてつらぬくがまんを節度という。節度のない人間は節のない竹。竹にして竹にあらず、人にして人ではない。

「さ、契ってはならぬわけ、はっきり聞かせて」

またひざをゆすぶられて、

「されば……」

と、格之丞は重くいった。

「千鶴さまを救い出すまでこらえてくだされ」

「いや！」

お藤ははげしく首を振った。

「それでは約束が違います。夫婦になったそのうえで、力をあわせて救い出そうと……あなたはこの口で言われたはず」

「それはしかし……」

「藤を水戸から連れだす口実だった……とは、よもやおっしゃるまい。それではあなたは武士ではない」

「うーむ」

「杉浦さま！　藤はあなたのお情けをうけたとてけっしてじゃまにはなりませせぬ。いよいよ強くなりまする」

「…………」

「杉浦さま、藤には……ふっと……これがふたりですごす、この世での最後の日と……」

「そんなことはない！」

格之丞はあわててさえぎった。ずばりとずぼしをさされて見開いた目がふるえている。

「そのような不吉なこと……死ぬものか。千鶴さまはご老公の姫なのだ。助け出さずに死ねるものか。な、お藤、このとおりじゃ！　目的を果たす日まで、おれの気ままを通させてくれ」

そういうと格之丞は、片手をお藤の肩にまわし、片手でお藤をおがんでゆく。

お藤はワーッと声をあげて男のひざへ泣きくずれた。

4

お藤には格之丞のかなしい意地がわからなかった。それが男と女の相違なのであろう。

気性の点でも姉思いの点でも、けっして世のつねの男にゆずらぬつもりのお藤だったが、恋してゆくとやはり本質は女であった。

（愛されたい！）

と、いうよりも、愛されることの上に女の幸福と安定はあるらしい。

お藤がいま恐れているのは、自分は格之丞に愛されていなかったのではあるまいかという、ありえない疑いであった。

もし愛されていないとしたら、それからすべての力と意志が突きくずされて、千鶴を救い出すどころか、自分のほうが先に狂ってしまいそうな気さえする。

水戸をたつ日、すでにお藤は全身で愛されるときを待っていた。それなのに、格之丞はかたくなにお藤をこばみつづける。

格之丞がきびしい態度でこばめばこばむほど、お藤の疑惑は大きくなるのを格之丞は知っているのだろうか。

（この人は、目的のために手段をえらばぬ人ではあるまいか？）

胸ときめかせて、むなしく朝を迎えたときなど、思うまいとしても、ちらっとそれが頭をかすめた。

すべて老公への忠義――そう思うと、ときに老公がねたましくなったりしたが、しかし、昼の理性はそうした自分を恥ずかしく反省させた。

ところが、今夜もこうして拒まれてみると、自分でも考えたことのなかった、あやしい妄想がお藤をつつみ去ろうとする。

(もしや……格之丞は、姉さまを……好きだったのではなかろうか?)

忠義を言いたて、自分をこばむいっさいの秘密が、その中にあったとしたら、自分の立場はなんとみじめに突きくずされてゆくことか。

「いや!」

格之丞のひざでひとしきり身をもんで泣いたのち、お藤は、とびつくように両手で格之丞にすがっていった。

「あなたはむごい! あなたはあたしをきらっている」

「何をいうのだ。おれはそなたの夫だといっている」

「いいえ、口先の夫など……藤はいやでございます」

「はて、聞きわけない」

「聞きわけなくばどうしまする」

「聞きわけなくば……」

格之丞は目をつむった。カーッと全身が燃えてきて、あらあらしく血潮が五体をあばれてゆく。

「こうしてやるわ！」

格之丞は、ぎゅっと両手に力をこめて、相手の腰の柔らかさにハッとなった。

つきたてのもちの感じで、そのままちぎれてしまいそうな気がしたのだ。が、そのあらい抱擁が、お藤の態度にふしぎな変化をもたらした。

お藤は全身の力をぬいて、薄くまぶたを閉じかけた。かすかに開いたくちびるが、まっしろな真珠を抱いた花蕊（かずい）のように無心であった。

「これお藤！　どうしたのだ」

気を失ったのではなかろうかと格之丞は、はげしく両手を振ってみた。

しかし、お藤は答えない。

「これ……気をたしかに持て！　おれはな……おれは……そなたが好きなのだ。そなたが……」

そういうと、情事を知らぬ格之丞の目から、ボロボロ涙がおちだした。お藤はうっとりとそれを受けて動かない……。

5

翌日、本阿弥庄兵衛は、格之丞をつれて美濃守の屋敷へ出かけていった。

将軍家のお成りを翌日にひかえて、ごった返してはいたが警備もまた厳重をきわめている。

おそらく庄兵衛が、吉保へ直接面会を求めたのでは、格之丞は通されなかったかもしれない。が、心得た庄兵衛は、

「公方さまへ献上のお刀でござるぞ」

まず門番を刀でおどしておいてから、

「そのお刀をお届けに、お目利所本阿弥当主、家老藪田五郎左衛門さまのお住まいまでまかり通る」

うやうやしく格之丞に刀をささげさせて、ゆうゆうと通っていった。

そして出てくるときには、わざわざ五郎左衛門に門まで見送らせ、

「では、銘刀の由来、ご失念なく殿さまにご説明くださりまするよう。なにぶんにも由緒ある品、吹雪丸にござりますれば」

門番にたくみなことばのめつぶしをくれ、帰るときにはひとりであった。

門番は庄兵衛の暗示におちて、刀をささげてはいったのは、薮田五郎左衛門の使者だったと思ったらしい。

こうして、第一の目的はとにかく達せられ、いよいよその翌日は将軍のお成りであった。

将軍は打ち合わせてあった九ツ半かっきりに柳沢邸の門をくぐった。

門から大玄関まではしつこく大磯石(おおいそいし)をしきつめ、式台に美濃守自身が出迎えて、おろされた輿(こし)のみすをうやうやしく巻いてゆく。

警蹕(けいひつ)の声は居ならぶ家臣の頭上から、邸内いっぱいにひびきわたって、ゆらりと綱吉が立ったときにはあたりに物音ひとつなかった。

「上さまには見苦しき吉保が屋敷にようこそ……」

いくぶん震えをおびた美濃守のあいさつの終わらぬうちに、

「大儀であった」

綱吉はかすれた声でさえぎってはげしくのどのたんをはらった。綱吉がからぜきをするときには、きっと何かじれているとき——と、知っているので、吉保はすぐに立って、

「ご案内をいたしまする」

将軍はいらだたしそうにあたりを見た。顔色がひどく青く、目のふちがかすかにむくんでいる。不健康なというよりも、絶えず何かにイライラと追いかけられている感じの犬公方であった。

お供はこれも打ち合わせてあるとおり、お小姓に小納戸衆にお側用人の面々。いずれも小腰をかがめ、足音をたてずに将軍のあとからついてゆくさまは、生ける屍を冥府へ送るといった、一抹の鬼気をふくんでいるのだが、それすらハッキリと見うる者はない。

長い廊下をぬけて渡り殿へかかった。このあたりへ平伏しているのは、もはや男ではなくて、吉保が全国からあつめた自慢の侍女たち。

しかし綱吉は、その侍女もみなければ、庭に咲きほこった苦心の梅も見ようとしな

い。

依然としてときどきのどのたんをかん性にはらいながら歩いてゆく。人生に疲れたというよりも歓楽窮まって、哀れさだけが美服をまとって残っている感じであった。

6

綱吉はようやく御成御殿の設けの座についた。

座につくとすぐに脇息（きょうそく）をひきよせて、大きく呼吸をしずめている。

考えてみれば神は公平というよりない。下々は働き疲れて悲しい吐息をついているであろうが、綱吉もまたその意味ではおなじ疲労にとりこめられている。

人間の体力には限度があった。その限度を越えて、酒杯をほし、女体をあさらなければならないとしたら、これも地獄の重労働。そのために生命を削っている点では、下々の貧と同じであろう。

ここでも綱吉は、きちょうめんな美濃守のあいさつをさえぎって、

「早く！」

と、手を振った。

この早くには三つの意味がある。

早く酒をのんで酔いに苦痛を忘れたいという意味と、早くお染の方に会わせろという意味と、早く吉里を連れて来いという意味と。

ほかの者ならその中のどれを先にすべきかと迷って、またうやうやしく質問するにちがいない。が、綱吉の心を読みきっている吉保には、それはなかった。無二の忠臣と信任されるゆえんであろう。

「心得ました」

軽く頭を下げてから、

「おそれながら、吉里、生母に召し連れさせますれば、お目通り許しおかれて、お杯賜わらばありがたきしあわせに存じまする」

表面はわが子となっているのでことばはどこまでもていねいだったが、これで三つの要求はいちどにかたがつくのである。

「よきに計らえ」

「ははっ。用意のものこれへ」

最初はまだ妓楼の心得ではない。声に応じてよりぬきの侍女たちが酒をささげて渡り殿をわたってくる。と、同時に、反対側の対屋からは、お染の方に手をひかれて、問題の吉里がはいってくる。

ことし八歳の吉里は、すでに五歳のときから従五位下越前守に任ぜられ、世間から羨望されているのだが、それもこれも綱吉が、自分の子と信じていればこそのことであった。

酒が来ると綱吉は、ワナワナと震える手で杯をとった。これとてふつか酔いどころか半年も一年もさめることのない哀傷地獄の酒であろう。

顔をゆがめてぐっとほして、自分の前に吉里が来かかっているのもかまわず、また杯を突き出した。むさぼるように二杯ほすと、ポーッとほおがさえてきて、ようやく視線が安定する。

「柳沢越前守吉里、お目通りにまかり出ましてござりまする」

京育ちのお染の方は、綱吉が酒をほすのをまって、すきとおった声をかけた。

「おお、吉里か。近う近う」

女ざかりのお染の方には見せない笑顔が、はじめて綱吉のほおにのぼる。わが子ほしさに、生類あわれみの令を、庶民いじめの大悪令にしてしまった哀れな犬公方は、吉里が近づくとほおずりしそうに抱きよせた。

「大きゅうなった。大きゅうなったぞ。きょうは何をとらそうかの。そうじゃ。これを……これがよい」

自分の腰から初代助貞の小刀をとって、そのまま渡し、

「これ、吉里に杯を」

と、あえぐように手を振った。

7

綱吉はしばらく吉里をはなさなかった。

このわがままな独裁者には、吉里が、表向きは吉保の嗣子になっているのであり、お染の方が、吉保の妾(しょう)になっていることなど眼中にないらしかった。

「お染、そちも来い」

三つ四つと杯が重なると、まるで別人のようにいきいきとしてきて、吉里の頭をなで

ながら、お染の方に酌をしいる。

「あわれな者じゃ、そなたは……だが、いましばらくのしんぼうじゃぞ。きっとそなたを甲府宰相に直してやる」

そして、それから二の丸へ入れて将軍に……とは言わなかったが、事情を知らぬものが、この溺愛ぶりをながめたら、びっくりするはずであった。

小納戸頭取の一色伊予と、お側用人の近藤備中などは目を丸くしている。

甲府宰相とは綱吉の兄の子で、水戸の老公が、綱吉にせまって次の将軍にといっている人の地位であり所領ではなかったか。

しばらくして、はじめて綱吉は気づいたように、

「おお、みなにも杯をとらせ」

と、声をかけて、それから吉里をさがらせた。

「お染、たいせつにいたせ。よいか吉里を」

酒杯が、お供の者に行きわたり、座が色めいてきたときに庭のぼんぼりへいっせいに灯がはいった。

梅の閑雅を愛するのではなくて、梅を桜に見立てた華麗さ。これも将軍の歓楽きわ

まった哀傷と孤独を知りぬいての吉保が計らいだったが、およそ風流とは縁遠い。が、それを見ると、綱吉はふらふらと立ち上がって、

「よいぞ吉保。もっとともせ！　もっともっと明るくせい」

よろよろと広縁へ立っていって、子どものように拍手した。

「紀井国屋とか、奈良茂とか申す町人どももまで華美な遊びをするという。予は将軍じゃぞ吉保」

「はっ。万事心得てござりまする。では、この辺で妓楼に趣向を」

パンパンと手を鳴らすと、

「はい――――ッ」

御殿をきりさくようなしり上がりの女の声が四方から聞こえてきた。と、その声につづいてがらりと吉原ふうに衣装を変えた女たちが、小山のように積みあげた台の物（料理）をささげてくる。

「ハッハッハッハ」

朱ぬりの欄干にもたれ、からだをまげて綱吉は笑いだした。

「これが吉原か。ハッハッハッハ。これが……」

その笑いのおわらぬうちに、八文字をふんで目のさめるような太夫たちの姿が渡り廊下の端にうきあがった。

まだお染の方の着替えはすまないらしい。まっ先に立ってかむろ新造をしたがえているのは、水戸太夫の千鶴であった。

千鶴の耳もとで、やり手の老女が早口にささやいた。

「よいかの太夫、上さま……ではない。お大尽じゃ。お大尽、こうおいでなさんしと、もとのご座へ、よいかの太夫」

千鶴は全身をかたくしてうなずきながら、いまはただ歩調だけに気をとられて、何を考えるゆとりもなかった。

8

千鶴が綱吉に近づいてそっと手をとろうとしたとき、綱吉の視線はひたと千鶴にすえられていた。

「このおなごは、なんというぞ」

「これはこれは」

と、老女がそばから口を出した。

「お大尽にはお戯れを。おなじみの水戸太夫でござりまするがな」

「なに水戸太夫……?」

「はい。お見忘れとは情のうすい。これ太夫、その憎いお大尽の口、たんといじめておやりなされ」

千鶴はふしぎな気がして綱吉をまともに見ていた。将軍家――と、心に描き、おそれていた人物とはおよそちがった感じであった。威もなければ重みもない。酔いしれた平凡な初老の男が、きょとんとした目で自分を見つめている。

祭礼しばいのはした役者に見つめられたほどのまぶしさもなく、シーンと心がおちついてゆくのがわかった。

「それ太夫、お大尽を」

「あい。こうおいでなさんせ」

思い切って手をとると、その手は妙になま暖かい。それをぐっと小わきにはさんで、千鶴はゆっくりと上座へ歩いた。

綱吉はきょとんとした表情のまま、よろよろと千鶴にひかれてもとの座へくると、

「水戸太夫か……」

あほうのようにすとんとすわって、すぐ脇息を引きよせた。まだ目は吸い寄せられたように千鶴の面をはなれない。

「水戸太夫かそなたが……」

「あい」

「これ、亭主」

「お召しでござりまするか」

「この水戸太夫というのは、いずれの生まれじゃ」

吉保は、千鶴がじゅうぶんに綱吉の関心をひいたのを見すまして、

「これは妙なおたずね、太夫は水戸に知られた白梅の精と、お大尽さま、よくご存じのはずではござりませぬか」

「おお、水戸の白梅……そうであったか」

「思い出されてござりまするか。年は十九のいまがまっ盛り。お大尽のお越しを待って、ご覧のとおり憂いをふくみ……」

「なるほどのう」

「まま、あとはごぞんぶんになされませ」

「ハッハッハ……」

とつぜん、綱吉は、調整のはずれた声で笑いだした。水戸の白梅――から老公のことを連想したのにちがいない。

「これはおもしろい。水戸の梅とあれば、ずいぶん手あらく散らしてやろう。これ、杯を持て。杯を太夫にとらそう。のう太夫」

そのころにはもうそばに次々と女たちが到着して、増された燭台の光の中は、豪華な色彩でうずめつくされていた。

「さ、予がじきじき酌をして取らそう。太夫のめ」

脇息ごしに手をのばされて、

「いただきまする」

千鶴は平然と杯をうけた。もうどのような事が起ころうと、おどろくときは通りすぎた。運命のこまの回るに任せて、水戸家のために生き死にする。

（それでよいのだ……）

と心がすわると、ぐっと干した杯を、そのまま綱吉に返して、千鶴は冷たく笑ってみせた。

綱吉はとんきょうな声でまた笑った。

9

男芸者に女芸者がくり込んだ。

この連中はいずれも廓からえりぬいてきたほんものらしく、ワーッと一座はふきこぼれそうにわき立った。

能役者と能舞台しか見ていない綱吉には、この連中のさわぎはよほど目あたらしいとみえ、手踊りがはじまると、おぼつかない足どりで何度も綱吉は立とうとする。

これを亭主の吉保が、

「お大尽、あぶのうございまする」

しきりにとどめているうちに、こんどはお染の方が、銀糸の滝に、金糸の鯉を縫いとったうちかけ姿で現われた。

これはまたなんという大胆さであろうか。うわべはとにかく吉保の妾ということになっているのに、出てくると、じろりと千鶴をいちべつして、そのまま綱吉のひざにもたれた。

「主さんえ、あいとうござんした」

「うう……」

綱吉はその手を柔らかくたたきながら、目ではまだ千鶴を追っている。その顔を、お染の方はくるりと自分に向けかえた。

おそらく綱吉の寵を他の女にとられまいとして必死なのであろう。

「いかがでござりましょう。このあたりで、諸国から集めました庭の名木、ご観賞いただけますすまいか」

吉保が声をかけたときは、すっかり夜に入って、ぼんぼりの灯に照り出されたまさかりの梅が、ふぶきのように浮き出していた。

「せっかくの亭主がご趣向、拝見したいものでござりまするなお大尽――」

松平右京が声をかけると、

「見よう」

と、綱吉は立ち上がった。と、

「介添えはわらわがいたしまする」

あわてて立った千鶴をおしのけ、お染の方は自分の肩に綱吉をすがらせた。

「さ、こうおいでなされませ」

亭主がまっ先に立って庭げたをそろえると、次にお染の方と綱吉、少しはなれて松平右京と浜松太夫。千鶴はひとりで綱吉のうしろについてゆく。

ぼんぼりの丁子(ちょうじ)が、庭師たちの手でいっせいに切られて、ぞろぞろと人々は庭へ出た。

その庭をめぐった築山ぎわの燈籠の下に、杉浦格之丞は胸の動悸をしずめながらうずくまっていた。

むろん芥川小野寺の小屋の者として、燈火番についているのである。

（うまくいった！）

と、格之丞は思う。かれはすでに、千鶴が渡り殿に来たころから彼女の姿を見ていたのだ。

（美しい！）

と、いうよりも、それが老公のお血筋と思うだけでかれの目には、神々しい痛ましさに見えてゆく。

「世が世であらば、水戸黄門公の姫君ではないか……」

しかし、その姫君は、いま、綱吉の手をはなれて、庭へおりてくる。

(神々はおれをまもっていてくださる)

かくし持った二尺あまりの刀を腹がけのわきにのんで、かれは、一行の近づくのを神妙に待っている。

「うん、よい花……よい花じゃ」

花の観賞には、酔いすぎた綱吉に、

「おあぶのうござりまする」

ねばった京なまりのお染の方の声がからんでくる。

10

一行はみだれた歩調で泉水をめぐると、築山のそばにやって来た。

ここにもふぶきのように花がういている。

「ご苦労じゃの、気をつけて」

綱吉の来かかるまえに、もう一度声をかけて見回りの武士が通った。

格之丞は地べたへうずくまって黙って頭を下げている。風があるので燈籠の灯がゆらゆら揺れて泉水に映っている。地べたへ頭をさげたまま、その灯にうつる水面の影で格之丞は千鶴がどこにいるかを見さだめていた。

すでにふたりの距離は、二十歩あまりにちぢめられ、まっ先の吉保は、着衣の模様までがたしかめられた。

格之丞の呼吸はだんだん苦しくなった。千鶴を救いに、自分がここに来ていることを相手が知っていてくれたら、どんなに好都合かわからなかったが、相手はぜんぜん知らないのである。

いきなり声をかけたら、かえっておどろくであろうし、この好機をはずしたら、二度と千鶴の姿は見られなくなるにちがいない。

「少し、寒いのう」

と、格之丞の数歩前で綱吉がいった。

「このあたりでよい。引っ返そう」

「は、ではご案内を」

あわてて吉保がきびすを返すと、

「おあぶのうございまする」

お染の方の香料がぷーんと格之丞の嗅覚をくすぐった。

(しまった!)

と、格之丞はおもわず顔をあげかけた。

いま一歩というところで、くるりと一行は向きをかえてゆく。このまま引っ返されては、きょうまでの苦心は水のあわではないか。

と、思ったときに事情はさらに一変した。綱吉がゆるい動作で向きをかえたのが幸いして、一行は格之丞のいるところより、さらに築山ぞいのあたりで輪を描くことになったのだ。

(南無八幡!)

この機をのがしてなるものかと、格之丞は左手の指に巻きつけてあった燈籠の糸をぐっとひいた。

ことりと燭が倒れて火は消えた。

そして、瞬間に、ザ、ザッとあたりで風が鳴ったような気がしたが、すでに綱吉は帰りかけているので、それからまた曲がる輪は小さくなった。

「まだ外の春は浅い。寒いぞ」

綱吉の声にこたえて、

「おかぜを召してはなりませぬ。さ、これを……」

お染の方が抱くようにしてうちかけを着せかけた。

一行が引き返すとあとには、またシーンとしてトホトホと燭の燃える音しかしなかった。

「さ、ではあらためてご酒宴に」

「それでよかろう。すぐお大尽へお杯を」

まっ先に御殿へもどって、あわただしく一座を見回し、

「はてな？　水戸太夫は……」

吉保ははじめて千鶴のいないのに気がついた。と、そのころになって築山のかげのあたりで、あるかなきかの物音が起こっていた。

11

吉保の顔色はサッといちどにこわばった。出てゆくときにはたしかにいた千鶴の姿が、帰ったときには見あたらぬ。

といって、そのようなことで騒ぎ立てていいときでも場所でもなかった。

お染の方が抱くようにして綱吉をすわらせるのを見すまして、吉保はもう一度庭げたを突っかけた。

飲みなれぬ酒の酔いで、あるいは夜風に吹かれているのか？　それとも……？

かれはせかせかと綱吉を案内した道すじをもう一度引っ返した。

そして、泉水のふちをめぐりかけて、ぎょっと一度立ちどまった。

「くせ者！　にがすな」

将軍をはばかって、おしころした声が築山の向こうからもれてくる。

(何かあった！)

と、思うと反射的に御殿のあかりを振り返り、それからゆっくりと、その物音に近づいた。

これだけ離れていると、御殿まで聞こえる心配はまずなかった。

それに、御殿では、将軍を迎えて幇間どもがにぎやかに太鼓を鳴らしだしている。

「これ、どうしたのだ」

用心ぶかく相手がわが家の重臣とみとめてから声をかけると、

「はい。怪しい人影が」

声をころして答えたのは薮田五郎左衛門だった。

「その人影は、女を連れていたであろうが」

「それがはっきりいたしませぬ」

「追いつめたか。いつものところへ」

「もう少しでござりまする。殿にはこのあたりでお止まりのほど」

「ひとりかふたりか」

「それもはっきりいたしませぬ」

「負傷者は？」

「いまのところござりませぬが、たしかに白刃をかざしていましたようで」

藪田五郎左衛門はそういうと、小腰をかがめて、やみの底をうかがいながら築山の向こうへ行った。

吉保はだまって立っている。

何か特別の用意があるとみえて、ほのかに照らし出された半面には薄い笑いがうかんでいる。

またバタバタッと足音がした。

「だれだ？」

「はい。五郎左衛門にござりまする」

「どうした」

「はい。ようやくに。恐れ入ってござります」

「いや、うまくゆけばそれでよい。が、案外静かなくせ者だったな」

「はい。声を立てては一大事と、向こうでも用心していましたようで」

「ひとりかふたりか」

「くせ者はひとり……でござりまする」

「わかった。騒ぐな。そのくせ者が、おなごひとりを連れておったであろう」

「御意のとおり」

「よいよい。わかっている。上さまや、お供の衆にもわからぬようにな。よいか。このあともしっかり見張っておれよ」

そういうと吉保は、何ごともなかったように、しずかな足どりで御殿のほうへ引っかえした。

旅の心

1

北国の春は、梅も桃も桜もいちどに咲いた。あの山、あの谷、あの村と、点々と花でつづられ、真昼の日ざしは背に暑いほどだったが、日が暮れるとさすがに温度はおちてゆく。

「助さん、寒くなったな」

「はい、少しぞくぞくしてきました」

「どうだな。はたごはまだなかなかかな」

「もうまもなくでございましょう。もうしばらくごしんぼうを」

西山荘を出てからひと月ぢかく。老公は何を考えているのか、たんねんに神社仏閣をたずねたり、安はたごに滞在したりして、なかなか道をはかどらせない。

竜が崎からの年貢銀の宰領にことづけをしてやったので、青葉城では伊達侯が待ちかねているはずであったし、江戸の事情もひっぱくしている。

　おそらく、それらのことはみな計算に入れたうえでのぶらぶら歩き——そう思っているので、佐々助三郎の佐々木助さんも、塚田郡兵衛の渥見格さんも老公のなすがままに任せている。

　奥州街道をようやく伊達郷へはいって桑折駅の西の丘上にある、赤館のあとにつえをひいたのがおそくなった原因だった。

　この赤館というのは伊達家の太祖、中村常陸介時長、後に入道して念西といった人が建てたのだが博覧強記の老公は、そうした細かい史実をくわしく知っていて、

「——たしかその時長が卒して、満勝寺どのとおくり名され、その名にちなんだお寺が建っていたはずだが」

　館跡に立って四方の春の素朴さにひき入れられ、おもわず時のたつのを忘れていたのだ。

「ほほう、宵月が出たな」

「おぼろ月というよりは冬の月の感じでございます」

「どうだ。少々くたびれたが、この近くの百姓家へでも頼んで泊めてもらおうか」

「さあ、このあたりに、そんな家があればよろしゅうございますが」

なにぶんにも、冬の長い北国の、しかも一年一毛の米作地帯だけに、どの百姓家も疲れきった構えであった。

「おお、あれに灯が見える。もし泊めてくれなんだら、さゆ一杯所望してみてくれぬか」

「かしこまりました」

格さんを残して助さんが先にあかりのほうへ駆けてゆく。そのあとからふたりはぶらぶらとその家に近づいた。

「はてな？　助さんがしかられているようだが」

「いいえ、助さんじゃありません。あ、ひどい身なりの侍が、百姓家のおばあさんにこづかれております」

「なに侍がおばあさんにこづかれている……ほほう、なるほど、これはまた乱暴なおばあさんだ」

老公はつかつかとその老婆のそばに寄っていって、

「これこれおばあさん、何があったかしらぬが両刀さした男が手をついてわびている。

許してやってはどうか」

　すると老婆はぐっと老公をにらみつけて、

「よけいなところへ口を出すと、おまえもこれで、ちょうちゃくするぞ」

　老公の鼻の先へぐっとすすけた火吹き竹を突きつけた。

2

「これこれ、乱暴するな。いったいどうしたというのだ」

「どうもこうもあるものか。このこじき侍めが、おらがに握り飯をもらっていながら、平気な顔でこの米俵に腰かけて食いやがった」

　老婆の毒づくあとからボロボロの侍はまた両手をついて、

「許してくれ、ご老婆。米俵とは知らなかったのだ。知っていたらそのようなばちあたりなことはせぬ」

　言われてみると、なるほどそこに新しいむしろを敷いて、七、八俵の米がおかれてある。

「この米はな」

と、老婆はまたいった。

「年貢米の不足が納められずに村じゅうで持ちよった血の出るような米なのだ。いや、ほんとに血もまじっている……作左のところでは米もなしで娘を売って、わざわざモミを買うてきたのだ。その米にばちあたりめが……」

老婆の様子が、だんだん柔らいでくるとわかったので、老公は先に来たまま湯の所望もできずにいる助さんと顔を見合わした。

「すまぬ。許してくれ。このとおりだ」

ボロボロの侍はまた頭を下げてつづける。

老婆はそれでもまだしばらくはぜいぜい息をはずませていたが、やがて三人にはじめて気づいたように、

「おまえら、いったいなんの用だ。まさか、このこじき侍の仲間じゃあるまい」

「うん、仲間ではないが、まんざら縁のないこともないな」

「すると、やっぱり物もらいか」

「まあそうだ」

「だめだめ。だめだ。おまえらのようにブラブラしているやつにやるものはない。みればまだ身なりも相当なものだ。働いて働いて、働きぬいてさえ食えねえで娘を売るものがあるというのに、人の物をあてにして旅をするやつなんかにロクなものはねえ。だめだ」

　老公は物もらいとまちがわれて、おもしろそうに笑った。

「そうか。では何もくれぬか。わしはさゆ一杯でよいのだが」

「なに、お湯いっぱい……？」

「うん、少々遊びすぎてな。腹の中まで冷たくなった。ではどうだろう。一杯だけ売ってもらえまいか」

　老婆はきょとんとして老公を見直した。おこっているときには鬼のようにたけだけしい老婆であったが、きょとんとした表情はまた仏のような人のよさだった。

「お湯いっぺえか。そんならそうと言えばいいだに。お湯なんか売れるもんけ、あげますだよ。旅は道づれ、世は情けだ」

　そういって、あたふたと引き返してゆく姿を見て、老公はホロリとなった。この仏心が、ボロボロ侍に握り飯を与えたのだと思うと、それを鬼相に変わらせたものを考えずにいられなかった。

年貢米。上納――言いかえれば政治の末端へもたらす波動が、人間を仏にしたり鬼にしたり。

「さ、さゆをくんで来ただ。みんなでのみなされ」

見ると、老婆のかけ盆には四つ茶わんがのっている。あれほどおこっていたボロボロ侍にもやる気らしい。

「ありがとう」

老公は合掌して、その一つを自分でとってボロボロ侍に渡してやった。

3

「ときにおばあさん」

「なんだね」

「その作左とかいう娘はどこに売られたのだ。たしかに娘を売ったといったな」

「うん、売ったといってもまだちっけえでな。とてもおいらんやお女郎さまにはなれねえで、二本杉の煮ざかな屋へ売っただ」

「ほほう。すると奉公だな。給金の前借りか」

「うんにゃ。売っただから給金じゃねえ」

「年は幾つだ？」

「十一だよ」

「幾らで売った？」

「五両で売って、世話料を一両とられただから、手取りは四両だ」

「ほうう、人間ひとりが四両か」

「お女郎さまにでもなれる容色なら、十両にも十五両にもなるべよ。だけんど、煮ざかな屋の下女じゃそうは売れねえ」

「おばあさん」

「なんだね」

「わしにもう一杯お湯をくだされ」

「ああ、お湯ぐらいなら何杯でも」

　老婆がまたお湯をくんで来ると、

になし」

「おばあさん、これをな、その作左とやらにやってくれ。そして、娘を買いもどすよう

と老公はいった。助さんが心得て小判五枚取り出すと、

「助さん、五両――」

老婆はもう一度きょとんとして、盆の上の小判にそっとさわった。

「おまえさん、作左の親類でもあるのかね」

「うん、昔の知りあいだ」

「まさかどろぼうじゃあるまいな」

「だいじょうぶだ。わしもな出世して、いまでは日本で名の知れた俳諧師だ。これから仙台のお殿さまのところへ俳諧を教えに行くのだ」

「えっ？　仙台のお殿さまに……」

「だから、もしその煮ざかな屋が、買いもどしに応じなかったら、そのときには、仙台の殿さまに掛け合ってもらうと……そういわっしゃい」

「ほ……ほんとかね」

「ほんとうだ。では、頼んだぞ。いや、ごちそうさまだった」

老婆は小判を持って立ったままブルブル軒先のあかりの中でふるえている。

老公は茶わんをおくと、

「助さん、格さん、ではぼつぼつ夜道をしましょうか」

言いかけて、まだその場にすわったままのボロボロ侍に気がついた。

「さ、おまえさんもはたごのあるところまでいっしょにいこう。その分では泊まる金も持ってはいまい」

「仰せのとおり……しかし、見ず知らずのおかたの情けにはすがれませぬ」

「と、いうと、あのばあさんは知っていたのか」

「いや……それは……」

「だったら遠慮はいらぬ。さっきもばあさんがいっていたろう。旅は道づれ、世は情け……わしは無類の話しずきだで、おまえさんの旅の話でも聞かしてもらおう」

「では……お情けに甘えまして」

「おまえさんは武者修行か、かたき討ちか」

老公がわざと顔は見ずに、月を見上げてそうきくと、ボロボロ侍はギクリと肩を波打たした。

4

「どうだ。はずれたかな」

老公にまた声をかけられて、

「お恥ずかしゅうございます」

と、ボロボロ侍は頭を下げた。

「実は武者修行ではござりまするが、それが世のつねの修行とは少々違っておりますので」

「ほほう、どう違う？　そですり合うも多少の縁だ。はたごへつくまでに話してみぬかな」

ボロボロ侍はちょっと逡巡したあとで、

「では、道中のつれづれに」

あかだらけのほおをかすかにそめて、ぽつりぽつりと話しだした。

それによると、この侍は仙台の藩士で馬回り役をつとめる脇田喜一郎という者の弟源三郎。それが清水小路に町道場を開いている二本松の浪人牧主水の娘に思いをかけて、兄の友人を通じて縁談を申し込ませた。

先方はひとり娘、こちらは三男、幸い腕は立つから婿養子にという話であったが、その話を牧主水はみなまで聞かずに、

「――それは良縁、かたじけなく存じまする。が、なにぶんにも町道場を営んで糊口する身ゆえ、腕が立たねばなりませぬ。どの程度の腕まえかひとつ娘と立ち会ってみて、それからの話にしていただきたい」

という返事だった。

藩中でも腕自慢の源三郎は、娘と立ち会ってみよといわれて、いささかムッとした。清水小町とうわさされ、容色ならば人一倍すぐれていたが、まだ十八の娘。二十一歳の若者の相手ができるものかと思ったが、それが条件とあればしかたがない。

「――心得ました」

その翌日、兄喜一郎と牧主水のほかに主水のでしたちがいっぱいに居流れた道場で、娘の梅乃と試合することになった。

「――お手柔らかにお願いいたしまする」

思いをかけた当の娘が、白はち巻きにたすきがけで自分の前へ立ったとき、源三郎はちらりと相手を見たままうなずいた。

お手柔らかにといわれなくとも、このなよなよとした相手に思いきって打ち込めるはずはない。勝たねばならぬが勝つのもつらい気持ちで、

「――では参ろう。いざ」

パッとひらいて合い青眼に構えてみて、さすがの源三郎もギョッとした。

試合ってみよというはずだった。なよなよとした雨下の梨花にもたとうべきこの娘に、髪の毛一筋ほどのすきもない。しばらくは互いの呼吸をはかっていたが、ついに源三郎はいらだった。

少し無理――と、思いながら一歩すすんで誘いかけると、

「――あっ！」

こちらの木剣がちらっと動いた瞬間に、梅乃の木剣はふしぎなねばりで源三郎の木剣をからみとってしまっていたのだ。

カランと音がして木剣が道場の床におちたとき、

「参った……」

そう答えた源三郎の顔色は土け色だった。

もちろん、これでは婿養子も縁談もあったものではない。

「――残念ながら、その腕まえでは、拙者のあとはつげませぬ」

牧主水にいわれて、こそこそとのがれるように武者修行の旅へ出たのが、今から指を繰ると六年まえだったという……。

5

「すると、それ以来六年間、諸国で腕をみがいて、その帰りと言われるか」

老公がたずねると、脇田源三郎は、またはずかしそうに首を振った。

「いいえ、その間に、一度仙台へ立ちもどりました」

「ほほう、何のために」

「三年間、あちこちと歩きまして、こんどこそは勝てるであろうと」

「すると、娘はもうほかの婿養子を迎えていたな」

「いいえ、まだひとりでございましたが、立ち会うた結果は、またわたしの見苦しい負けでございました」

「ほほう！」

老公はあらためて源三郎を見直した。着衣はボロボロだったし、からだはあかだらけだったが、眼光の鋭さ、筋骨のたくましさは、助さん以上だった。

その源三郎を二度まで破った梅乃という女の腕に興味をおぼえて、

「すると、こんども帰って立ち会うつもりか」

「はい。もはやあれから六年、梅乃どのも二十四、人の妻、子の母となっておりましょう。それゆえ、もし夫の許しがあればと思うております」

「おもしろい。それで、こんどはどうじゃな。勝てる見込みはおありかな」

「いささか腕をみがいて、慢心はいよいよ禁物とわかりました。試合うてみるまではわかりません」

「なるほど……そこまで気がつかれたら勝てるであろう。どうだな、あすの朝あたり、わしの連れの格さんとでも一試合やってみては」

「格さんといわれると」

「こちらが助さん。こちらが格さん」

老公は塚田郡兵衛の肩をポンとたたいて、

「格さんはたしか剣術が好きで、切り紙ぐらいはもらっていたな」

と、からかうようにいう。

「はい。でも、もう何年もやりませんので」

「あしたひとつやってみなされ」

「いいえ、ごめんこうむります」

あわてて目を挿んだのは脇田源三郎だった。

「無用の腕たてはこりごりしております。打つより打たれる……それが修行とわかりましたゆえ、さきほども、あの老婆に不心得をなじられ、黙って打たれていたのでございます」

「そうか。なるほど……そうか」

老公はこのボロボロ侍のことばがひどく気に入った。

女に負けて六年間、修行してくるねばりもたいしたものだが、ここまで練れてくれば、腕もじゅうぶんのびていよう。

（こんどは勝つな）

と、思うと、老公はぜひともう一度梅乃と試合をさせてみたくなった。

そして、その試合場からそのまま水戸の老公青葉城の客となる――そうしたうわさをはでにまいてゆく手があれば申しぶんなかった。

こうして四人が藤田の宿へはいったのは、すでに月が天心にかかろうとするころ。

さっそくふろにはいって夕食の膳について、

「ときに脇田源三郎と申されたな、どうじゃ。その梅乃というおなごとの試合、この老人に任さぬかな。わしが必ず試合えるように計ろうてみせるつもりだが」

老公は上きげんで話しかけた。

6

老公にとって、いちばんたいせつなことは、どうして幕府に気づかれずに江戸へはいるかということだった。

老公出府と知っては、将軍側近はむろんのこと、自藩の者までじゃまだてして、将軍に会うことなど思いもよるまい。

したがって、水戸の隠居は、もはやもうろくしたとみえ、昔の縁をたよって、西山荘を建てた不足金をもらいに青葉城へ出ていった。

そして、伊達家で歓待するままにいい気持ちで城内に腰をおちつけてしまっている……そうわさらせておいて、疾風（はやて）のように出府する。

出府してから、どれだけ政治紊乱の禍根に利刀をふるいうるかは、それこそ胸奥の秘事であった。

いまはただ、いかにも時勢おくれの一老翁が、なんの野心もない童心ぶりと見せかけ、ワーッと仙台の城下を沸かしておいて青葉城の客になればよいのである。

その意味では、ボロボロ侍の脇田源三郎と牧主水の娘梅乃のいきさつは、打ってつけの事件であった。

「どうだ。ひとつわしに任せぬか。わしが必ずおぬしと試合させるように計らうが」

源三郎は重ねて言われて、

「ご老人は俳諧師だと言われましたな」

「さよう」

「ご主君。伊達綱村公とご面識あるようにおっしゃられましたが」。

「うん、あるとも、伊達公ばかりではない。今の伊達安芸も知っているし、片倉備中も石川駿河もみんな友だちじゃ」

「では、お断わりいたしまする」

「なぜじゃな？」

「それではご老人はお殿さまやご重役がたに口をきかせて、牧主水親子にいやおう言わさぬ考えでござりましょう」

「もしそうであったなら、なぜいかんかな」

「これは拙者の修行途上におこった小さな私事。どこまでも相手の気持ちを尊重して、相手がいやとあれば黙ってまた故郷から消えるつもりでござります」

　老公はおもわずひざをたたいた。

「これは、いよいよ試合をさせずにはおけなくなった。おぬしの着物はボロじゃが心は錦だ。その錦に免じてこの隠居が、おぬしのその心がけを傷つけぬように計ろうてつかわすわ」

計ろうてつかわす――と、いうことばづかいに、ハッとまた老公を見直した。

老公はニヤリと笑って地酒の杯をふくみながら、

「わしの宗旨は妙法蓮華経じゃ。妙法蓮華経の心はな、この世の義を正すところにある。正すためには、はげしい滅私の勇気を持てと教えている。断わってもむだじゃぞ。いや、おぬしが断われば断わるほど、わしはやらずにはいられなくなる。祖師のお心にそむくからな」

源三郎はあきれたように飯わんをそっとおいて、

「ご老人はほんとうに俳諧師ですか」

「そうは見えぬかな」

「もしや、もっと身分あるかたのつれづれの旅ではないかと」

「ハッハッハッハ、そう見えたら、おぬしにだけは白状しようか。わしはな、水戸の隠居じゃ。さきの中納言じゃ」

「えっ？　水戸のご老公……」

「シーッ。声が高い。ないしょじゃ、ないしょじゃ」

そういうと、老公はわざと子どものように首をすくめて楽しそうに笑った。

7

伊達家の家臣で水戸の老公の名を知らぬ者はない。いや、それは名ばかりではなくて、忘れられない恩を感じているからだった。伊達家を浮沈のきわへ追いやった先代綱宗のお家騒動のおりに、幕府は政宗以来のこの名家に手きびしい創痍を与えてその力をそぐのはいまと考えた。

そして、考え方によれば取りつぶしの口実までもりっぱに成立していたといってよい。それをどこまでも『大義』の立場から反対し、政宗の偉大な功績をいいたてて傷つけさせなかったのは、かつての副将軍光圀であった。

したがって、老臣伊達安芸などは老公を正義の神とたたえていたし、当主の綱村公は慈父のように慕っている。

「これは……存ぜぬこととは申しながら……」

パッと飛びすさって平伏する源三郎に、

「これ、ないしょだと申すに。わからぬ男だ」

老公はまたいたずらしく目をむいて、

「どうだ。わしに任すか任さんか。その返事をまず聞こう」

「もったいない！　ご老公とわかりましては任すも任さぬもござりませぬ。ただただ」

「さ、しるがさめる。食いながら話そう。いいかな、表向きは水戸在の百姓で光右衛門、俳諧がすきでな、松島へつえをひいて一句ものそうという旅だぞ」

「は……はい」

「これにおるのが、助さんに格さん。それ以上に知る必要はない」

「恐れ入りました」

「恐れ入ってはいかん。女中にでも見られるとぐわいがわるい。早く膳につけ。そしてきょうからはおぬしも、わしの連れじゃ。その心になれよ。なあ助さん」

「それがいい。ご隠居はくだけたおかただ。さ、一杯いこう」

助三郎は老公がはじめて身分をあかしたので、そろそろ青葉城入りの用意だな――と感じとっていた。

それにしても意地が悪い。このりちぎらしいボロボロ侍に、いきなりさきの中納言な

どという言い方は。助三郎が杯を出すと、源三郎は堅くなって両手を出した。その手は
かすかに震えている。

「いただきまする」

「うん。のめのめ。今夜はゆっくりのんで、あすからまっすぐ仙台へ急ぐとしよう。だが源さん」

「は……はい」

「おぬし、そのほれていた女の亭主を見たら、カーッとしてまた実力が出せなくなる心配はないかな」

「そうは思いませぬ。みな拙者の未熟が招いたこと、じゅうぶん、覚悟はいたしております」

「ほほう。わしならぼ憎いと思うてカーッとするがな。するとほれ方が浅かったのであろう」

謹厳な格さんの郡兵衛がくすりと笑うと、助さんもたまりかねてふき出した。

すっかり百姓隠居が板についてきた光圀を見ていると、楽しいような悲しいような、ふしぎな感慨にとらわれる。

「すると仙台の城下では、まずいちばんにその牧主水の道場をたずねるのですな」

「そうしよう。そこで、わしも試合をするかもしれんぞ」

老公は城入りの策が胸にたったとみえ、楽しそうに手酌で杯を重ねていた。

春風を断つ

1

青葉城下は、いまが桜のまっ盛りだった。

暖国の春と違って、すでに木々の若芽も枝頭に春をかなで、森と都の色彩をあざやかに青空の下へひろげていた。

「――仙台まで急ごうかの」

そういって、城下へはいったのだからすぐにも清水小路の牧主水の道場をたずねるのかと思っていると、

「きょうは花見にしよう」

老公は何を考えているのか、助三郎にひさごと酒の用意を命じて、広瀬川の堤にそって愛宕山のほうへ道をそれた。

右手は清流、左手は大年寺山、花と若芽の点綴（てんてつ）が、そぞろに遊子の心をそそる景勝

だったが、しかし老公がそのために花見をするとは思われなかった。

大年寺山には花もあったが伊達家累代の祖廟もある。

ことによると、この北辺の地に生まれて、志をヨーロッパからローマにまではせた不遇の英傑、政宗の霊でもなぐさめようというのかと思っていると、そうでもなかった。

行く手に青葉城のやぐらを仰ぐ愛宕神社の近くまでくると、

「このあたりがいいな。みんなすわって弁当を開こう」

弁当といっても大野田で握らせたはたご屋の焼きめしだったが、それをひろげた老公は、あたりにやって来て、それぞれごちそうをひろげている花見客をあれこれとながめやった。武士がいる。町人がいる。宗匠がいる。娘がいる。さすがに奥州一の城下だけあって、ここだけはどのごちそうもそうとうなものだった。

「助さんや」

「はい」

「やっぱり仙台じゃな。町が富んでいる。おぬしは藩祖政宗公の偉さを知っているかな」

「さあ……とてもご隠居ほどには」

「けんそんしたな。やはり藩祖は偉かった。人物では太閤やわしの祖父にいささかも遜色ない。目は一つだったが、その目、日本ばかりか世界にまでよく光っていた」

「さようでしょうか」

「そうとも。ただ生まれた場所に恵まれず、領地領民のやせているのがかれを苦しめた。が、政宗公が、それだけの人物でありながら、将軍に頭を下げて来た偉さがわかるか」

「さあ……?」

「自分の目から見ると子どもにひとしい将軍。だが、それを立てて国内をまとめてゆかねば弘安の昔以上の外侮をうける。その事情を見通し、やせた領地、領民に、このうえ、戦いでやせさせまいと、じつと雄心をおさえていったがまんづよさ。見上げた大政治家だ」

「なるほど、そう解かれるとわかります。偉かったのが不遇だったとおっしゃる意味が」

「そうだ。世間にはな、目の見えないゆえに不遇なやからと、目が見えるゆえに不遇な偉人と二つある」

「ご隠居などもあまり先が見えまするため」

「シーッ」

老公はかるく助さんを押えながら、

「おのれをむなしゅうして民のために計った英傑の跡目をな、苦労知らずの将軍が、おりあらば絶とうとする、もってのほかの僭上じゃ」

語尾はおもわず江戸幕府への不満になっているのである。

2

助三郎は老公のことばに深くうなだれながらも、こうした場所へやって来て、とつぜんそんな話をはじめた老公の心はわからなかった。

そのうちに、通りがかりの侍や近くへ弁当をひろげている町人の花見客などが、じろじろとこの一行を見はじめた。

見るはずだった。

ひとりはまっしろなひげが胸までたれた異様な老翁。助さん格さんの従者はいいとして、もうひとりはのびほうだいにのびた月代とまっくろな無性ひげの中から、わずかに目と鼻だけをのぞかせた垢面の侍。しかもそのボロボロ侍が、いちばん態度はいんぎんなのだから、いったいこれはなんであろうと首を傾けるわけであった。

「人間はの、正しかった人のあとは立ててゆかねばやがてみずからも滅びるものだ。わしが歴史の中から義を正そうとするのも、今の世の源を正そうため、源が清くなくて、どうして下流の河水が澄むものか。いや、それにしてもこの広瀬川の流れは美しい」

老公はひさごの酒をちびりちびりと口へはこびながらじゅうぶんに、みんなの視線を意識しているようだった。

「これこれ、そこの町人」

ポーッとほおが桜いろになったころ、突然老公は、となりの河原に毛せんをひろげた裕福そうな町家の主人に声をかけた。

主人は目を白黒した。そこの町人――と呼びかけたほうが百姓とも商人の隠居とも見える老翁なのだからびっくりしたのにちがいない。

「そちは何を商うている者か」

「は……はい。呉服商売……あの仙台平を織っている者でございます」

「ああ、さようか。それではそちも藩祖政宗のご恩を忘れては相ならぬな」

「は……それはもう。重々」

「どうだ。その仙台平の起源をそちは存じておるか。たしか大阪夏の陣のあと、藩祖政宗が京都から岩井八兵衛と申す呉服商人と西陣の織工とを連れもどって、城下繁栄のために織らせたのが最初だと思ったが」

「はっ、実はそのてまえが、岩井八兵衛の曽孫にござりまする」

「おお八兵衛が子孫か。せっかく精を出せよ」

相手はびっくりして、しばらくたつとこそこそと毛せんを他へ移してしまった。

薄気味わるくておられなくなったとみえる。

またしばらくすると、

「これこれ、そこの中間ども」

こんどはいいきげんでひさごをかついで通りかかった三人連れの中間に声をかけた。

「なんだじいさん」

「そのほうたち、この町をなぜ仙台と申すか知っているか」

「ちぇっ、人に物をきくのにおうへいなおやじだな。仙台だから仙台というのよ」

「知らぬな。では申し聞かすゆえ、よく覚えておけ。ここはな、昔は国分氏の城のあったところ。この近くに国分寺もあったはずじゃ。そのおりにいまの青葉城の本丸のあたりに千体の地蔵尊が安置されていた。それを取りかたづけて城を建てたゆえ、せんたい――すなわちせんだいとなったのだ。自分の暮らしている土地のこと、旅の人にきかれても知らぬでは恥ずかしかろう。覚えておけよ」

中間どもは顔を見合わし、近くにはだんだん人が集まった。

3

「いったいじいはどこの者だ」

「わしか。わしは水戸の百姓だ」

「おい百姓だとよ。いよいよおうへいなおやじだ」

「百姓は百姓でも、少し大百姓だからな」

「どのくらい米をあげる百姓だ」

「わしか。さよう四十万石近くもあげるかな」

「やいやい。いいかげんにしろ。四十万石もあげる百姓があってたまるものか。おれたちをからかう気だな」

「からかっているのではない。ものを教えているのだ。水戸の百姓まで知っていることをおまえたちが知らぬではかわいそうだ」

「ちぇっ、かわいそうだってよ。じゃじいさんにたずねるが、あそこに見えるお城はいつできたか知っているか」

「それも教わりたいか。教えて取らそう。慶長五年、藩祖政宗がなわ張りして、大崎岩出山城から移ってきたのだ。移ってきた当時の町割りはたしか五十三町だったと思うが、だいぶ繁昌してふえたようだ。よいかそのほうたち、あまり町人をいじめるではないぞ」

「へえ……いよいよ、妙なじいさんだが、しかし腹のたつじいさんだ」

「やいやい、おれたちがいつ町人をいじめた」

「いじめたとはいわぬ。いじめるなといっているのだ」

「口の減らぬじいさんだ。ひとつやってやろうか」

いちばん酔っているらしいのが連れに相談しかけたとき、いつの間にか黒山のように

集まっていた群衆の中から、

「これこれ、乱暴するな」

編みがさをかむったひとりの武士が出てきて声をかけた。その顔をのぞき込んで、中間どもが、あたふたと去っていったところを見ると顔見知りだったにちがいない。

「これこれご老人」

と、武士は編みがさに手をかけたまま、

「ご老人は、藩祖政宗公を政宗と呼びすてにいたしたな」

「そうであったかな……？」

老公が、わざと首をかしげて考えると、編みがさのうしろからも連れであろう、また三人の武士が人をわけて前へ出た。

「たしかに呼びすてだったぞ」

「そうか。それはすまなかった。つい心安だてに申したのだが許してくれ」

「心安だてに……これは狂人ではござるまいか」

「いやいや、狂人でもなんでもない。わしはな水戸の百姓じゃ。が、以前は江戸に住まっていて、いまの綱村公もそのご先代もそのまたご先代もよく存じておる。碁、茶、俳諧などのお相手をしてな。碁がたきは心安だてについ口がらんぼうになるものだ。許してくれ」

　三人の侍は顔を見合わせて首をかしげた。

「お名まえは何といわれる」

「光右衛門という。お殿さまがよくご存じじゃ」

「ふーむ。いったい仙台になんのご用で参られた？」

「武者修行に参った。清水に牧主水という武芸者があると聞いてな」

「ご老人は武芸をやられるのか」

「さよう。鹿島流では、さて日本で何番めであろうかの。そうそうせっかく来たついでじゃ。お殿さまのごきげんなお顔もおがんでゆきたい。もしあすにも登城されたら、光右衛門が牧主水のもとへ試合に参っていると、それだけ、おそばの者へ告げておいてくれ」

　老公はそしてまた、チビリと杯をなめた。

4

これほど人の集まるところ、これほど奇矯な言動が、うわさの種にならぬはずはない。

四人連れの侍たちは、ひそひそと何か話し合っていたが、なにしろ当主綱村公をあとでたずねるなどというのだから、うかつなことはいえないと思ったのだろう。

「これは失礼つかまつった」

そのままその場を去っていった。あとはもはや老公の思うつぼ。

「いったい何者だろう?」

「牧主水の道場へ試合にいくといったな」

「それどころか、お殿さまのところへ碁を打ちに寄るといったぞ」

「どこの神主かな」

「いいや、米を四十万石もあげる大百姓だと、ここのお殿さまだって六十万石だというのに」

そうしたうわさを聞いて、めずらしそうに一行をのぞきに来る者、小首をかしげて去ってゆく者、それがみなうわさのまき手になるのだから、あしたじゅうにこれは仙台の城中市中に聞こえわたるにちがいない。

「さすがにご隠居はうまいものだなあ格さん」

「まったく。これでお殿さまの耳にもはいる」

「お殿さまばかりか、牧主水のところへもちゃんと聞こえてしまっているわ。そうなると牧主水もことわることもできなくなろう」

　助さんと格さんがいうあとから、

「いや。これなどは六韜三略のほんの序の口。これからだよ筋書きは。源さん、さ、いっぱいいわしがさそう」

　老公はニコニコと好相をくずして、越路山から向こう山の春をながめわたしている。そして、ひさごの酒がつきるとうまそうに焼き飯をほおばって、それからぶらりぶらりと大満寺へもうでた。

　もう花見客の間ではすっかり評判になっているので、行く先々で一行をさけたりささやきかわしたりする。格さんの郡兵衛はてれたようにあごをなでるし、源三郎もときどき人に顔をそむける。

が、旅なれた助さんと老公は、境に入って境にひたる完全な花見客であった。

夕がた少し早めに引き返して、清水に近い荒町の小はたごにわらじを解いた。

翌朝はゆっくりして、荷物ははたごにあずけたまま四つ（十時）近くなって宿を出た。

「おお、鶯が鳴いているな。源さん、おまえにもいよいよ春が近づいたぞ」

「いろいろとご芳志、忘却つかまつりませぬ」

「仙台はほととぎすが名物と聞いていたが、鶯も多いようだの」

春が近いといいながら、なぜか老公は源三郎にひげも月代もそることを許さない。もし試合に敗れて、そのまま仙台から消えるときを考えてのいたわりであろうが、かれの身なりはおよそ春とは縁遠い。

牧主水の道場はすぐにわかった。

きのうのことをだれか子弟が聞かせたものとみえ、道場の中ではしきりに撃ち合う音が聞こえていたし、入り口の両側にはもの好きな見物らしい者までがちらほらしていた。

老公は先にたって道場へはいると、

「頼もう！」

と、自分で大きな声をかけてニヤリと笑った。

胴をつけたでしが、すでに待ち受けていた様子で顔を出すと、

「牧主水どの在宅ならば、水戸の隠居が会いたいと申してくれ」

5

「ただ水戸の隠居では相わからぬ。ご姓名をおおせられたい」

やはり評判は聞こえている。玄関番は礼を失せぬ程度のきびしさで押しかえした。

「姓は百姓名は光右衛門。はるばるやって来たのだから玄関払いはお断わりじゃ。と、
そう取り次いでもらいたい」

「百姓光右衛門といわれるか」

「いかにも」

「おなぶりあっては困る。百姓とは姓ではなくて生業の呼称、百姓の光右衛門ならば相
わかるが」

「やれやれ困った人だ。もともと姓は住まう地名や生業から取ったものだ。百姓という姓を名のったとてもいささか苦しゅうない。わしのいうままに取り次ぎなされ」

「ではしばしお待ちを」

あっさり老公に言いくるめられて、玄関番はほおをそめてはいっていった。

「どうだな助さん、すなおに通すと思うか、それとももういちど名のる必要があろうか、賭けをしようか……」

「ハハ……」

近くへ寄ってくる人々をかえりみながら、助三郎はのどかに笑った。

「賭けには及びませんよご隠居、いますぐに呼びに来る。もうお待ちかねのようだから」

「そうか。では賭けにならぬか」

いっているところへ玄関番はもどってきて、

「いざ、こちらへ」

「なるほど助さんは目が高い。ではみんな、ちょっとごめんをこうむろう」

案内されて道場へ通ると、牧主人は老公ひとりを一段高い師範席に招じ入れて、ていねいにあいさつした。

「ご老人が百姓光右衛門どのでござるか。牧主水は拙者、わざわざ水戸からお越しくださるほどの剣客ではのうて痛み入ります」

「いやいや、わしとて、ほんの鹿島流を少々こなすだけのこと、日本で一番二番のという腕ではない。といって四番とは下るまいが……いや、それにしてもご繁昌でめでとうござる」

　道場のあちこちでささやきが起こったのは当然だった。

　うわさを聞いて、ふだんはやって来ない藩士のでしまでぎっしり両側に詰めている中で、一や二ではないが四とは下らないといえば第三番めの剣客ということになる。

「あれは少々頭に来ているのではないかな」

「いやいや、あの眼光のすさまじさはなみなみならぬ。ことによると塚原卜伝のような隠士かもしれぬ。ゆだんはならぬぞ」

「そうかな。そういえば姿勢などもぴたりと板についている。師匠のほうが押されぎみに見えるが」

　老公にはむろん考えあってのこと。ボロボロ侍の脇田源三郎へゆく視線を自分のほうへさらっておいて、顔見知りの者がいても気づかせまいとする心づかいだった。

「ときに牧先生、はじめからわしと貴殿と、名人どうしの試合も少し曲がない。承れば、ご貴殿のご息女はよく剣を使いなさるそうな。いかがでござろう、まずそのご息女と、わしのでしの試合からお願いできまいか」

牧主水はしげしげと老公の顔を見つめて、

「娘と試合をのぞまるる……」

「わしではない。わしのでしどもじゃ」

そこへ当の娘の梅乃がうやうやしくお茶をささげて奥から出てきた。

「おお、これがご息女か、ほほう、まだ独身でござるな」

老公は無遠慮に梅乃の姿を目でなでた。

6

牧主水はまず老公に茶をすすめてから、

「百姓光右衛門とはおたわむれでござろう、ご本名打ち明けられたうえならば、娘の試合、いかにも承知つかまつろう」

「いやいや」

と、老公は手を振った。

「本名などがほかにあってはおもしろうない。牧先生、春でござるぞ」

「春――」

「さよう、春の花は、秋の実になる含みでござる」

牧主水はまたじっと老公を見つめた。

「さようでござるか。あいわかった」

大きく一つうなずいて、

「しかし、それならば、お断わりいたしておかねばならぬことがござる」

「なんでござろう」

「たぶんご老人は、娘のご縁を持って来られたと信ずるが、このうわさ、拙者ちと迷惑いたしておりまする」

「どのようなうわさじゃな?」

「娘に勝つ者あらば婿にする。勝つ者なきゆえ、いまだにひとりでおくといううわさ」

そのときにはもう娘の梅乃は奥へはいっていなかった。

「すると、娘ごに勝っても婿にはせぬと言われるか？」

「やはりそれでござったか。はじめは拙者もその気であったが。つごうあって今では勝負で縁を求めぬことにいたしてござる」

「ほほう。するとだれか勝った者がござるな」

「いいや、けが勝ちでござろうが」

「まだない。よろしい。では当方でも勝負にはこだわるまい。まずでしと娘ごの試合からご承知願いたい」

牧主水はポンポンと手を鳴らして娘をよんだ。

べつに慢心している様子もないが、さりとて娘の腕をあやぶんでいるけはいもない。

「お呼びでござりまするか」

「うむ。このご老人がおでしとそなたの試合が見たいとおおせられる。したくしてお相手するように」

「はい」

年は二十四だという。すでに婚期におくれているがどこにもくすんだ影はなく、のびのびと豊かな感じの娘であった。なによりも鍛えを秘めて澄んだ目がすがすがしい。

「これボロ助、まず最初はそちじゃぞ。そちがいちばん腕は未熟だ」

「はっ」

源三郎がすっくと立ったので、はじめてみんなの視線はかれの上にも集まった。だから、そのときにはすでに梅乃も道場へおり立っているので、だれもかれの素姓に気づく者はない。

梅乃はかいがいしく身じたくすると、細身の木太刀に素ぶりをくれて、先に道場の中央へ来て待っている源三郎と顔を合わした。

源三郎はこみあげる感情をおさえて一礼した。

「お手柔らかに」

梅乃も気づかぬらしい。

「いざ！」

パッと間をとり合い青眼にひらいて構えて、それからひっそりと静まり返った。

師範台では老公が身を乗り出すようにして、両者の腕を見くらべている。老公にとっても、まだ源三郎の腕は未知数なのだ。

「やあッ！」
しばらくして、梅乃の口からやさしい誘いの気合いがもれた。

7

源三郎は誘いを無視してひっそりと動かない。見ている牧主水がかすかにうなずいた。

武道とは、もともとわれわれから仕掛けてゆくべきものではない。相手の暴から身をまもる——ということにはじまって、それにつきるといってよい。

ふだん道場での打ち合いなどは、武道ではなくてスポーツなのだ。

いま源三郎の構えをみていると、それに鍛え至った静けさがひしひしと感じられる。心をすまして大きな自然とひとつになると、相手のうごきはひとりでにわかってくる。動きがわかればそれに対する身の避け方、かわし方もわかる道理であった。

しかも先に仕掛けたほうには仕掛ける瞬間に、無理ができる。無理とはすなわちすき。そのすきに反射的にこたえる作用がひとりでに身についているのを達人という。

達人はわざわざ自分から相手をたたこうとするものではない。

「フッフフ」

と、老公は笑った。

老公にしても源三郎の境地がここまで至っていようとは思いがけなかったのだ。

これならば、助さん、格さんともじゅうぶんおもしろい試合のできる腕だった。

と、思った瞬間に、梅乃が床をけって源三郎の横面をはらった。源三郎のからだはひらりと縮んだ。太刀風に吹かれた糸くずがふわっと沈んだ感じであった。

梅乃はガラリと木剣を投げ出した。

相手が身をしずめた瞬間に源三郎の木剣へ、われとわが胴をふれてしまったのだ。

「参りました」

人々が息をのんだ瞬間、さらに梅乃の口から次のことばがもれていった。

「脇田源三郎さま、もはや梅乃などの、遠くおよぶところではございませぬ」

「な……なに、源三郎とな……？」

牧主水がびっくりして道場へかけ降りるのと、源三郎がしずかに木剣をひいて、老公に一礼するのとがいっしょであった。

「おお、これはまことに脇田源三郎じゃ」

老公はまた、フッフフフと楽しそうに笑った。

「どうだ牧先生、わしのでしは少しは使えるかな?」

梅乃は源三郎の前へうなじをたれたままうごかない。源三郎も感慨無量なのであろう、ぼうぜんとして梅乃の前へ立っている。

「そうか、脇田だったのか」

「そういえば、どうもあの目に覚えがあった」

「それにしても六年間……よく修行してきたものではないか」

牧主水がたしかに源三郎と見きわめて、老公に何か言おうとしたときだった。

玄関にまたおおぜいの訪客がやって来た。

「拙者は、伊達兵庫、当家へ水戸のご老公お成りとうけたまわり、殿のおいいつけにてお迎えに参った。ご老公にその由お取り次ぎ願いたい」

「は……」

と、いったが、玄関番は水戸のご老公がよくのみこめなかった。

「水戸のご隠居のことでござりますな」

「これこれ、ご隠居などと心やすそうに申すな。さきの中納言光圀卿じゃ。伊達兵庫、町奉行の天童内記を引きつれ、お迎えに参りましたと丁重に申し上げよ。よいか」

玄関番は肝をつぶして主水の前へとんでいった。

8

玄関番の取り次ぎを聞くまでもなく、伊達兵庫の声は牧主水の耳へつつぬけにはいっていた。

「すると、これなるご老体は、あの、水戸の黄門さま……」

牧主水はぴたりと娘とわきへすわって、

「伊達兵庫さまをお通し申せ」

玄関番に命じたまま、ははっとその場へ平伏した。むろん、源三郎も平伏している。

そこへ伊達家では片倉小十郎とともに、大黒柱といわれている安芸宗則の子の兵庫が町奉行に万一のことのないよう、きびしい警護を命じておいてやって来たのだから、道場内外の人々のおどろきは頂点に達した。

「おお、これはご老公さま、江戸でしばしばお目にかかりました安芸のせがれ、兵庫でござりまする。いつに変わらぬご尊顔……」

「これこれ、兵庫、異なことを申すな。わしは水戸在の百姓光右衛門じゃ」

「おたわむれを。兵庫、ご主君のご命により、お迎えに参上いたしました。すぐにご来城くだされますよう」

　老公はニコニコと笑いながら、

「主水、困ったのう。まだわしとおぬしの試合が済まぬ」

「存ぜぬこととは申せ、無礼の段々平にお許しくだされますよう」

「では、試合はこの次までのばすとして、さきほどおぬしは娘に勝っても婿にはせぬと申したな」

「はい。申しましたが、相手が源三郎どのとわかれば別でござりまする」

「はて解せぬことを。源三郎ならば、なぜ別じゃ」

「前後六年間の精進、その誠実さに、娘がひどく動かされ、源三郎どのご修行中はたとえ十年でも十五年でも待つと申しまして」

「ほほう、娘がそう申したか」

「はい。それで他の縁談はいっさいこれを」

「わかった！　隠居近ごろうれしい話を聞いた。では、わしのでしの源三郎を婿にしてくれるな」

「仰せまでもござりませぬ」

「そうか。これ梅乃とやら、顔をあげよ」

「はい」

「この隠居から礼をいうぞ。源三郎の心をくんでよく六年間待ってくれた。姿ばかりか心根も女の手本、そのおかげで、源三郎は人間もでき、武士道も立った。この後ともにむつまじく添いとげよ。わしが、あとでご城主にねだってな、よい引き出物を届けてつかわすぞ」

「恐れ入りましてござりまする」

そのにわきに平伏している脇田源三郎は、両手をつかえたままポトリ、ポトリと涙をおとしている。

「では兵庫、ここのあと始末はついたゆえ、こんどはおぬしの顔を立てて、綱村どのの顔を見に行こうかの」

「そう願いとう存じまする。殿にも首をのばしてお待ちかねでござりまする」

「そうか。では主水どの。いずれまた。さあ助さん格さん、ではご城中で、一、二か月ゆっくりと旅の疲れを休めさせていただこうかの」

もうそのころには道場の前にはいっぱいの人であった。

「恐れ入ったな、あれが水戸の黄門さまとは」

「道理でいばっているはずだ」

「いやいばるどころか、やさしいお人じゃないか」

こうした注視の中を、行列美々しく老公は青葉城へくり込んだ。むろんそのうわさは、すぐに江戸へ伝わってゆくにちがいない。その計算をきびしくしている老公だった。

若葉がくれ

1

江戸はすでに花は散っていた。富士と筑波の見えそうな、からりとした晴天つづきで、上野のお山はすきとおった若葉のみどりにおおわれていた。

不忍池のハスの芽ぶきも柔らかく、燕の渡ってくるのももうまもなくのことであろう。

本阿弥庄兵衛はその朝早く起き出して、なんどか裏口から清水谷のほうをのぞいた。一度、二度、三度めにのぞいたときはもうかれこれ四ツ（十時）近かったが、

「やれやれ、やっと来たか」

あわててへい内に引っかえすと、そのまま離れの雨戸を繰り、縁に腰かけて何者かを待ちかねた。

と、まもなく、その同じ裏口から、すーっとこの屋敷にまぎれ込んできた者がある。

鳥追い姿の女であった。そまつな三味線を横抱きにして、片すそからげた素足にほこり、かいっぱいついている。

女はあたりを見回すようにして、庄兵衛の腰かけている離れの縁に近づいた。

庄兵衛も声をかけない。

女もべつにあいさつもしないで、そっと三味線を縁にのせると、かむっていたかさをとった。

女は、めっきりほおにやつれを見せたお藤であった。

「どうだ、さっぱりと手がかりはないか」

庄兵衛は、痛ましげにお藤の乱れた髪から破れかけたぞうりまで目を光らせて、あたりをはばかる声であった。

お藤はかすかに首を振った。

「柳沢さまお出入りのさかな屋からあんまさんまでたずねてみました。でも、そんなうわさどころか、姉さまがお屋敷にいたことすら知っている人はありません」

「ふーむ」

「芥川さまのほうでは、何かきき出せませんでしたか」

庄兵衛はそれには直接答えず、

「ふしぎなことがあるものだ」

と、腕を組んだ。

将軍梅見のお成りの日、うまくいくと杉浦格之丞は千鶴をさらって常盤橋よりのへい外へのがれて出てくる打ち合わせである。

庄兵衛はその夜、わざわざ番所の者に二分金をつかませて、それとなく様子をうかがっていたのである。

しかし、美濃守の屋敷からは格之丞が出てくるどころか、ほとんど物音らしいもの音も聞こえず、何の変化も感じられなかった。

にもかかわらず、格之丞も千鶴も、こつぜんとしてその夜限り消えてしまっている。

格之丞が消えたことは小野寺芥川の口からわかった。しかし、かれも、どこでどうして消えたのか何も知らなかった。

千鶴がどうなったかを調べ出すのには、もっと手の込んだ探りが必要だった。

普通の者ではとても探り出せることではなかった。が、庄兵衛は自分も遊びなれているゆえで、すぐ吉原へ目をつけた。そして、京町左かどの大店(おおだな)三浦屋源三郎が、こんどの遊興指南にあたったことを探りだし、千鶴の素姓はかくしてその夜のことをたずねてみた。

すると、その夜、千鶴の水戸太夫は、将軍のそぞろ歩きの供をして庭へ出たまま、席へはもどってこなかったという……

それならば、何かあったにちがいないのに、だれもそれは知らなかった。

2

将軍家が、御殿へもどってこられて、

「――水戸太夫はどうしたのじゃ」

そう美濃守にたずねると、美濃守は、急に月のものを見たので恐れ入って遠ざけた由言上したという。

それは同席していた三浦屋の妻子や、幇間の口から確かめたというのだからまちがいはない。

（かわいそうに、格之丞め仕損じたな）

庄兵衛ははじめてそう思って、お藤をたしなめ、息をころす思いで待っていた。

格之丞が仕損じてふたりが共につかまったとすれば、いずれ事情はだれかの口からきき出せる。格之丞はもちろん切られるにちがいなく、千鶴とてもそのままで済むはずはなかった。

ところが、あまりにその後は静かすぎる。老臣の藪田五郎左衛門にあっても、何もいわなかったし、他の家臣もその夜、何があったか知らない様子であった。

かりにも男ひとりが死を決してはいりこんでいるのである。そして千鶴をさらったかさらわぬかはとにかくとして、それがまるきりうわさにならぬというのはおかしかった。

(これは薄気味わるいことになったぞ)

それからまたしばらくは、お藤も庄兵衛もだまってなりゆきを見まもった。

千鶴と格之丞が捕われていて、千鶴の従兄(いとこ)に本阿弥庄兵衛ありとわかるだけでも、庄兵衛のもとへは何かひびきがありそうだった。

それなのに、ふたりが消えてひと月以上、まるきり手がかりもなければ、どこからなんというわさも聞けない。

「小野寺のところでもな、小野寺自身が首をかしげている」

「なんのお調べもなかったのでしょうか」

「そうだ。小野寺だけではなくて、当夜のお庭ご用をつとめただれのところへも、なんのご不審もなかったらしい」

「では、やはり姉さまも杉浦さまも切られてしまわれた……?」

庄兵衛はまた答えない。むっつりと腕を組んで、じっとひさしの若葉をにらんでいる。

柳沢美濃守の用心ぶかさは、なみなみならぬものがあった。そのまま切りすてて永久にそしらぬ顔で済ましてゆくか、それともどこかできびしい拷問にかけてゆくか、それは庄兵衛にもかんたんに想像しきれなかった。

大政治家とも大人物とも思わなかったが、側用人程度の才覚では、美濃守はたしかにすぐれた知恵者であらた。

「お藤――」

「はい」

「このうえはふたりの生死をたしかめる……その手段はたった一つのようだな」

しばらく考えてぽつりと庄兵衛が口を切ると、

「どんな手段でございましょう」

お藤はせつないまでにしんけんな目をして向き直った。

「ここまであぶない橋を渡ってきたのだ。思いきって、もう一つ大きな谷へ飛び込んでみるか」

「どんなことでも……やってみます」

「が、そのまえに、おれはおまえの覚悟を聞いておきたい。おまえはもし格之丞が死んでおられたら、そのときはどうする気だ」

「そのときには……」

お藤はすーっと青い空へ視線をむけて、

「わたしもあとを追いまする。ひとりで生きていとうございません」

きっぱりいいきると、みるまに双眸へ露がふくれた。

3

「そうか。たしかに死ぬ気だな」

不憫ではあったが、庄兵衛は念をおさずにはいられなかった。それほど、次に打つ手はあぶない橋だった。

「はい。もともと命はすててかかったこと。杉浦さまおひとりは殺せません」

「よろしい。では、おれの考えを打ち明けよう。柳沢美濃守にはここしばらく見きりをつけてな、こんどは思いきって水戸の家老、藤井紋太夫に当たってみるのだ」

「藤井さまに……？」

庄兵衛はきらりとあたりを見回して、いっそう声をおとしていった。

「かりに格之丞は切られ、千鶴はつかまっているとする……いや、ふたりとも切られたと考えても、ふたりともどこかにつかまっていてもどちらでもよい。その場合、千鶴を柳沢の屋敷へ連れていった藤井紋太夫のところへは、必ず何か掛け合いがあったにちがいない」

お藤はからだをかしげてうなずいた。

たしかにそれにちがいなかった。紋太夫のもとへは、事のいかんにかかわらず、苦情か話があるはずだった。

「そこで、思いきって、おまえが紋太夫をたずねてみるのだ。水戸屋敷ではまずい。牛込天神町の紋太夫の家だ」

「なんといって参ったら……」

「さあ、そこが相談」

庄兵衛はまたあらためてお藤の顔いろをうかがいながら、

「何か手づるをもとめて、そしらぬ顔で住み込むか。それとも」

「それともほかに、手だてがありましょうか」

「なくはない。が、これはいっそうあぶない手だが……おまえが直接、身分をあかして行ってみるのだ」

「水戸の筆匠、姉さまの妹として」

庄兵衛はまたあたりを見回してからうなずいた。

「はっきりと、姉に会わせてくださいといって行くのだ」

「もし向こうで、わたしと杉浦さまの出奔を知っていたら……?」

「そのときには、格之丞にだまされたというのだ。江戸まで連れてこられて、そのまま捨てられたといってやる……よいか、おまえは格之丞を恨んでいるのだぞ。さすればもし、格之丞がつかまっていても相手はべつに怪しむまい。水戸へは勘当になってもどれぬゆえ、姉さまに会うて、なんとか助けてもらうつもりと泣きつくのだ」

お藤はポンとひざをたたいた。

「まだまだ、早まるな」

庄兵衛は用心ぶかくはやるお藤をたしなめておいて、

「よいか。さすれば、向こうでは何かもらすにちがいない。格之丞のことか、千鶴のことか……もしまた、用心ぶかく何事も口に出さぬとすれば、おまえをそのまま自分の屋敷にとめおくか。それともこれを切って捨てるか。お藤！　うまくゆくとふたりの消息がわかるかわりに、まずくゆくと切られてしまう。おまえにあちこちのようなことをいって歩かれては、紋太夫はたまらぬからだ」

お藤はあらためて庄兵衛の顔を見直した。

なるほどこれはあぶない橋。だが、その橋を渡らなければふたりのことを探り出す方法はなさそうであった。

「わかりました。手づるを求めての奉公では手ぬるい。やってみます。やってみて切られたら、そのときはそれまでの寿命だったとあきらめます」

お藤はきっぱりといいきって、そっとそでで目がしらをぬぐった。

4

お藤が池の端の家を出て、牛込天神町の藤井紋太夫の眼敷へ出向いていったのは、その翌日だった。

国表へ屋敷をもった家老ではなく、一代で成り上がった江戸生まれの紋太夫には、自分の私邸がべつにあった。

それに目をつけての、のるかそるかの庄兵衛の思案。

お藤は江戸へ出てきてからは三味線堀の、これは以前、父のでしだった筆職人の家に世話になっていたよう、すっかり打ち合わせはしてきてあったが、天神町の屋敷の前に立つとさすがにひざが震えていった。

さして豪壮な屋敷でもなければ、気おくれするほど大きな構えでもない。四百坪あまりのこじんまりした屋敷から、楓の若葉がもの静かにのぞいている。

むろん表からはいれるわけではなかった。身なりもわざといなか出の小娘ふうにつくりなおして、勝手門をはいってゆくと、

「奥さまにお目にかかりとう存じます」

胸の動悸をおさえて出てきた女中にそういった。

「おや。あなたは見なれぬかた、どこの何屋さんだったかしら」

「はい。あのう、水戸から出てきました。筆匠の娘で藤と申します」

「水戸の筆屋さん……いったい奥さまになんのご用？」

「こちらに、わたしの姉の千鶴と申す者がご奉公しておるとうかがって参りました」

「お千鶴さん……？　知りませんねえ。でも、ちょっと待って」

女中があたふたと中へはいってゆくと、お藤は身づくろいして返事を待った。

奥方は、知らぬというにちがいない。そのときになんと言おうかと、それも、あれこれと考えてきてあった。

女中はすぐに引っ返してきた。

「何かお人違いではありませんか。奥さまは、水戸の筆匠さんも、お千鶴さんというか

たも、ぜんぜん覚えがないと仰せですが」

「いいえ、そんなことはありません。わたしの姉は、わたしの口から申すのもいかがと存じますが、水戸いちばんの器量よし、それにご家老さまがお目をつけられ、ぜひご奉公に差し出すようにとの仰せで、こちらのだんなさまのお使いが見えられ、たしかに江戸へお連れになりました。そうそうそのときのお使いは、田村小右衛門さまとおっしゃいました。もう一度奥方さまへお取り次ぎ願います」

「では、あなたは、こちらのだんなさまが、水戸のご家老ということもよく知っておいでなんですね」

「それはもう……それゆえ、父も姉をご奉公に差し上げたのでございます」

取り次ぎの女中は首をかしげて、また中へ引っ返した。

人違いでも屋敷違いでもなく、水戸一の娘が器量をのぞまれてのご奉公――となると、必ず奥方が黙っていまいと、これも庄兵衛のすきのない計画だった。

案のごとく、取り次ぎはすぐにまた引っ返して、

「とにかく、奥さまがお目にかかるといいます。どうぞこちらへ」

お藤はまず、最初の関所を無事に通って、ホッと胸をなでおろした。

昼はむろん紋太夫はいるはずかなかった。馬で水戸屋敷の裏門から出仕すると、それも調べてあるのである。

紋太夫のるす中、じゅうぶん奥方の関心をそそっておくと、奥方自身も知らずしてお藤の味方になる……お藤はひとりでにほおのこわばるのを感じながら、奥方の居間へみちびかれた。

5

外回りの質素さに引きかえて、奥は武家らしからぬはでさであった。

江戸生まれの能役者、武骨な水戸侍とはどこか違っているのだろう。奥方の居間の調度手回りなど、ひどくなまめかしい今様で、机のわきの手文庫はパッと目を射る朱塗りであった。

「藤とか申したの。取り次ぎのことばはよくわからぬ。そなたの姉がどうしやったと?」

お藤はふすまぎわへつつましく両手を突いた。

「水戸は本町通りに住まいいたしまする、お出入りの筆匠、石川玉章の娘藤にござりまする」

ていねいにあいさつしてから、はじめて奥方の顔を仰いだ。

柔らかい面ざしの三十四、五の奥方は、ぬけるように色が白くて、小さい目が不審にかがやいていた。

「わたしの姉千鶴が、こちらにご奉公いたしておりますはず、ひと目会って相談したいとまかり出ました。お会わせくだされぼしあわせに存じまする」

「その千鶴とやら……わたしの手もとにはおりませぬ。どこかお屋敷違いではないかえ」

「こちらは藤井さまお屋敷と存じまするが」

奥方はうなずいて首をかしげて、

「すると、まちがいないとおいいやる」

「はい。わざわざ江戸表から田村小右衛門さま、ご家老さまのお言いつけにて迎えに見えられ、お連れなされたのでござりまする」

「田村小右衛門さまがわざわざ」

「はい。そのおかたには、わたしもお目にかかっております。まちがいはござりませぬ。お慈悲にてお会わせくださりませ」

この屋敷にいるはずのないのを知っていて、お藤がしんけんに頭を下げると、奥方の顔には明らかにある表情のうごきが見られた。

もしや、紋太夫が自分にかくして、どこかへ妾宅を構えているのではあるまいか？

という疑いがわいたのにちがいない。

武士が屋敷外に妾たくおう――この近年になって、そんなうわさをちらちら耳にする。が、それは多く国もとへ妻子を残してきている江戸勤番の者で、妻子ともども江戸住まいの人にはないことだった。

（夫がもしそのようなことをしているのだったらどうしよう？）

ただの嫉妬というよりも、そうしたことが世に聞こえては武士にあるまじきことと、かならず非難をまぬがれまい。

「すると、そなたはどこまでもまちがいないとおいいやる？」

「はい。けっしてまちがいはございませぬ」

「して、そなたが姉に相談とは？」

　ふとことばをかわされて、お藤はハッとした。奥方は姉のことを何も聞かされている様子はない。

　と、すれば、その奥方に格之丞のことを話しておく必要があるかどうか？　といって、かくしておいてあとでわかると気まずい結果になってゆく。

「そなたの相談とは？」

「はい……実はわたくし、ゆえあって江戸でご奉公いたしたいと存じまして」

「江戸でご奉公をな、何かとくべつな望みでもあって相談に来やったか？」

「いいえ、とくべつの望みなどございません。が、ご覧のとおりのいなか育ち、知るべもないままに姉さまをたよっているのでございます」

「そうか。ではの、だんなさまがお帰りなされたら、わたしからそのこと、よくきいてみて進ぜよう。それまで当屋敷にいやるがよい」

　お藤はホッとして頭を下げた。

6

奥方の目に映ったお藤は、わるい感じではなかったらしい。手を打って女中をよんで、茶とまんじゅうを出してくれた。それもむろん、まだお藤からあれこれとききだしたいことがあってのことであろう。

「さ、遠慮はいらぬ。もし事情がわかれば、そなたはわたしの手もとで召し使ってもよい。わたしは水戸を知らぬゆえ、水戸の話を聞かしてたもれ」

そういったあとで、奥方は、

「そなたの姉ならばきれいであろうのう。その千鶴とやら」

「はい。いいえ、わたしは姉さまに似ぬ妹と言われています。けれど姉さまは……」

「水戸一とかいいやったな」

「はい。皆がそううわさいたしまする」

「水戸は……」

と、奥方はまた話題を変えて、

「荒い気風のところと聞いたが、若侍たちなど、そなたたちのように美しい姉妹に、わるさをしかけたりはしませぬか」

「いいえ、女など、見て見ぬふりのおかたが多うございます」

「ホホホ、見て見ぬふり……それが殿方のゆだんできぬところ。して、うちのだんなさまが、そなたの姉を迎えにやったこと、家中のかたがたはご存じかえ」

「はい。ご存じのかたも多くあった……と存じまする」

「そうであろうの、そのような評判の娘がいなくなったでは、それがそのままうわさの種になろうゆえ。それで……だんなさまの評判がわるくなったようなことはないかえ」

「そのようなことは……」

「知らぬというか。そうであろう、見て見ぬふりの気風とあれば、思うても口にはすまい。さ、遠慮はいらぬ、菓子をおとり」

お藤はなんとなく奥方があわれになった。たぶんこうして話しているうちに、なんといって夫を責め、なんといって夫の秘密を探ろうかと、それに心を砕いているのにちがいない。

かれこれ小半刻（とき）ほど、さまざまなことを尋ねられて、お藤は女中べやにさげられた。

これで庄兵衛とお藤の計画はまず成ったといってよい。あとは奥方がお藤の代わりにこまかく紋太夫に問いただす。そのときの紋太夫のことばがそのまま聞ければそれに越したことはなかったが、そこまで望むのは無理であろう。

ふたたび奥方の前に呼ばれたときに、奥方がなんというかで、紋太夫のことばを察してゆくよりほかにない。

女中べやに下げられると、まもなく老女中が食膳をはこんでくれた。あまりにあざやかに奥方をだまし終わって、お藤は内心面はゆい思いではしをとった。

紋太夫がさがってきたのは七ツ（午後四時）すぎだった。パカパカとひづめの音が近づくと、

「だんなさまのお帰り――」

と、お供の若党の声が奥までひびいた。

武家では妻女が玄関へ夫を出迎える習慣はない。奥方は居間を出て、奥と表の境の廊下まで出迎えるけはいであった。

「きょうはわりにご用が早く済んでの」

奥方の「お帰りあそばせ」というあいさつに、朗々とした紋太夫の声が答えたのを聞いて、お藤はおもわず女中べやで息をつめた。

7

紋太夫が居間にくつろぐと、奥方は茶の来るのを待ってお藤のことを話しだした。

「だんなさまは、水戸の筆匠で石川なにがしというのをご存じでしょうか」

「水戸の筆匠……知らぬな」

紋太夫は小首をかしげてうまそうに茶をすすって、

「それがどうかしやったか」

奥方は、つとめてこだわりない様子で、

「その石川なにがしという筆匠に、千鶴とか申す娘がござりますそうな」

「千鶴……」

紋太夫はポンとひざをたたいて、

「そうだ。あの娘の父親が石川といったか」

「ご存じでいらせられますか」

「うん、それならば存じておる」

「その千鶴とか申す娘をたずねて、妹が水戸からはるばる参っています」

「妹が……どこに」

「この屋敷へ。ここにお呼びしましょうか」

「いや、それには及ばぬ。妹が……」

紋太夫はことりと茶わんをおいて、美しいまゆねをよせた。

「その娘に会うて相談したい。会わしてくれと申しています。いかが取り計らいましょうか」

「妹がの……？」

「はい。まだ世なれないきれいな娘でございます。もしできましたら、わたしの手もとで召し使おうかと……」

「待て待て……」

紋太夫はまた手を振って、じっと天井を見つめながら何か考える顔になった。

「よかろう。会うてみよう。だがよいか。そなたはうかつな口をきくまいぞ。ゆだんできぬしれ者……かもしれぬゆえ……」

「まあ、あのあどけない娘が」

「では呼んでくれ」

奥方はうなずいて立ち上がった。

そして、お藤を連れて来ると自分はまた以前の場所にもどって、夫とお藤を探るように見つめてゆく。

「千鶴の妹と申したの」

「はい。藤と申しまする」

「なるほどよい娘じゃ。奥がそちを手もとで召し使いたいという。江戸に身もとの引き受けをする者はあるか」

「はい。三味線堀に、父のでしが筆屋を営んでおりまする」

「そのほかには？」

「べつに身よりはございませぬ」

紋太夫はかすかに唇辺（しんぺん）に笑みをうかべて、

「そなたは、杉浦格之丞とどこで別れた」

やはりかれはお藤と格之丞の出奔までを知っていたのである。

「はい……江戸へはいると……すぐにわたしから身をかくして」

「捨てられたと申すか」

「はい……それで水戸へも帰れず、姉さまに会うて、おちつく先を相談したいと存じます。お会わせくださりませ」

お藤は、用心ぶかく紋太夫の前へ両手をついて、じっと紋太夫を見つめてゆく。

とつぜん、紋太夫の顔がきびしく締まった。

「小娘のくせに不届き者め！　いつわり申して、この紋太夫をたばかる気か」

パッと畳をたたかれて、お藤はおもわずあとへ身をそらせた。

8

「拙者はかりにも水戸家の家老、そなたたちにたばかられて、主君のご用がつとまると思うか」

「とんだことをおっしゃります。なんでわたしがご家老さまにうそいつわりを申しましょう。父からは勘当され、帰る家もないままに、このお屋敷をおたずねしたのでございます。どうぞお慈悲に、姉に会わせてくださりませ」

お藤は必死であった。ここでひるんだのでは、今までの苦心がすべて水のあわ。どんなことをしても、姉と格之丞のその後のことがききだしたかった。

紋太夫はふっと口をつぐんで、またしげしぼとお藤を見つめだした。

「しかとうそいつわりはないと申すか」

「はい。ございませぬ」

「では、拙者からそなたに尋ねよう。下谷池の端に、そなたにはいとこにあたる本阿弥家があるはず、それでもそなたは江戸に身よりはないと申すか」

「は……はい。本阿弥家が、なくなった母の実家とは聞いておりまするが、母のないのち交わりもないままに、顔も知らず、所も知らず……そのうえ勘当の身でござりますれば」

「たずねて行けぬと申すか」

「は……はい」

紋太夫はまた黙った。端麗な顔は感情の一片も見せず、陶器のように澄んで見えた。

「そうか。では、そなたと別れたあとの格之丞が、どこでどうしているかも知らぬというか」

「はい。存じませぬ」

「では、聞かせてとらそう。格之丞はな、格さんという名で町人に姿を変え、気の狂うたご老公のお供をして、いま仙台の青葉城にとどまりおる」

「えっ？　あの格之丞さまが仙台に……」

お藤はわが耳をうたがった。

これは老公の深い用心に紋太夫が乗じられているのだったが、そこまでお藤が知っているはずはなかった。

（格之丞が老公のお供をして仙台にいる……）

もしそうだったら、千鶴もどこかにいなければならなくなる。

「わかったか」

と、紋太夫はやわらかくいった。

「そなたは、格之丞にだまされたことになる。格之丞はそなたと駆けおちしたと見せかけて、ご老公のあとを追った……そして、そなたの姉の千鶴は……」

「姉さまは……」

「柳沢美濃守さまのもとへご奉公にあがっての」

「柳沢さまのお屋敷へ」

「そうじゃ。拙者にひどい煮え湯をのました」

「えっ！」

「くれぐれも水戸家ご安泰のためにご奉公いたすようにと申したのに、怪しい浪人と組んでな、逃亡を計ったようじゃ」

「それで……無事に逃げたのでございましょうか」

紋太夫はまた口をつぐんで、じっとお藤を見すえていった。

「柳沢さまには柳沢さまで家法がある。いったんご奉公にあがった以上、それは先方のこと、拙者などがあずかり知れると思うか」

そういったあとで微笑して、

「そなたはそのふつごうをあえてした姉の妹、よいか、このままこの屋敷を無事に出れると思うでないぞ」

お藤はふたたびさっと顔から血のけをなくして、おもわず、

「え！……？」

と、ききかえした。

水鳥双紙

1

本阿弥庄兵衛は霊岸島の茶店から、入り江にたわむれる鴎(かもめ)を見ながら、ぼんやりと動かなかった。

「だんなさま、お茶のおかわりを……」

赤い前だれがけの小娘が、さっきから首をかしげて庄兵衛の様子をうかがっている。

しかし、庄兵衛はそうした視線に気づく様子はなかった。ひたひたと石がきのすそを波に洗わせて、灰いろにつづいているへいを見ては考え、考えてはまた何事かうなずいている。

「ねえや、あれは柳沢美濃守さまの下屋敷だといったな」

「はい」

「あの石がきのところにある水門、あれが開いたのを見たことがあるか」

「はい、あります。あそこから奥女中など、おしばいを見に行くときには舟を出します」

「では、外から舟がやって来て開くこともあるはずだ」

「それはあるでしょうね。出てゆくだけでもどらないということはありませんから」

「おまえ、外からやって来て、舟のはいるところを見たことがあるか」

小娘はかんたんに首を振った。

「そうか、ないか」

庄兵衛はまたぼんやりと考えた。

もう千鶴と杉浦格之丞が消えてしまってから、二か月以上たっている、いや千鶴と格之丞だけではなく、かれのさしずで、藤井紋太夫をたずねさせたお藤もまた、あれなり連絡を断ってしまった。

お藤は、おそらく紋太夫に怪しいとにらまれて、そのまま屋敷へとめおかれているのにちがいない。が、千鶴と格之丞のことが、なんとも庄兵衛はふにおちなかった。

少なくとも腕も度胸も一人まえの男が、だれにもなんのけはいも感じさせずに消えうせるということはありえなかった。

そう思って神田橋うちの柳沢の屋敷をうかがうと、おほりへ一筋水路がある。庄兵衛はこれかな？　と思って、あれこれとさぐってみた。

格之丞をいきなり水路にたたきおとして、そのまま舟ではこんでしまう――とすれば、舟の来るのはこの霊岸島の下屋敷。だが、ひっそりと静まり返っているこの下屋敷を訪れる口実はなかった。

（なんとか方法はないものか……）

「だんなさまは、柳沢さまのご家来ですか」

とつぜん小娘にたずねられて、庄兵衛は苦笑した。

「うん、家来ではないが、まんざら知らない仲でもないな」

「どなたかご存じのかたが、あのお屋敷の中にいるのですか」

「どうしておまえはそんなことをきくんだ」

「おやつのおだんごをときどき届けに参りますから、何かおことづけなら、してあげましょうか」

「えっ？　おやつのおだんごを……」

「ええ。女中衆が注文に来ます。でも、そのときできていないことが多いので、たいていあたしがあとで届けます」

「そうか。それはおもしろい。それではおまえひとつ頼まれてくれぬか。仲よしの女中に頼んでな。それ、これはおまえのおだちんだ」

庄兵衛はすばやくふところから小粒を取り出して、小娘を手招いた。

2

「わしに頼まれたと言わずに、ついふた月ほどまえの夜に、この屋敷へ若い侍と、若くてきれいなお女中衆が、小舟に乗せられて連れて来られたはず、そのふたりは無事に屋敷うちのどこかにいるかどうか。その女中衆の名まえは、千鶴といったが」

小娘は庄兵衛に握らせられた小粒を見て、びっくりしたように目をみはった。

「ただ、無事にいるかどうかをきけばいいんですか」

「そうだ。それだけでいいのだ。二、三日したらわしがまたやって来る。それまでに怪しまれないように……」

と、いいかけて二コリと笑って、

「そうそう、おまえがな、その舟を見たというのだ。あれは二月のはじめだった。梅のまっ盛りのころの夜だった。そのときに舟がはいるのを見たんだが、その人たちは無事かどうかとな……いいか、うまくきき出してくれたら、またお礼はするからな」

小娘は堅くなってうなずいた。

「きょうはどうかわからないけれど、あすはきっと女中さんがやって来ますから」

庄兵衛はつとめて相手に不安を感じさせまいとして、ニコニコと冷えた茶を飲みほして腰をあげた。

小娘はたいせつそうに小粒をしまってそれを見送り、

「すると、あの人のことじゃないのかしら?」

首をかしげてつぶやくのである。というのは、この茶店の娘、おひろは、だんごを届けにいって、逆に中から手紙を頼まれたことがあった。

その男は若い侍というよりも、若い職人のような身なりをしていた。

おひろがさらのあくあいだ、女中たちのふろの火をたいているとき、ひどくそわそわとして現われて、

「――いつかお礼をするから、この手紙を池の端まで届けてくれ。所は中に書いてあ

る」

　おひろの手へ、小さな袋と結び文を渡した。

「――はい、届けてあげますよ」

　おひろは気軽に引きうけたが、しかし、その職人ふうの男が去るといっしょに、

「――ご苦労だった。その手紙をこっちへ」

　用人の河辺というだんなが、そのままおひろの手紙をとってしまった。

「――よいか。また頼まれたらな、たしかに届けましたといって、拙者に渡せよ」

　それからはその職人ふうの男を見かけはしなかったが、におい袋をもらったてまえ、おひろはなんとなくわるいことをしたような自責をおぼえていたのである。

（そうだ……あの人のことかもしれない）

　おひろは急にそわそわとへぎに残っただんごをさらにのせだした。

　わざわざ女中のやって来るのを待たず、あまりましたからと、自分で持ってゆく気であった。

「おとっさん、さっきのお客さんが、おだんごを届けてくれといいますからね、お屋敷まで行ってきますよ」

奥で網をつくろっている父親に声をかけて、おひろは前掛けの下へさらをいれて店を出た。

下屋敷は上屋敷ほど厳重ではない。表門はがんじょうに閉ざされていたが、通用口へは顔なじみの門番が六尺棒をさげてふたりいるきりだった。

「こんちは」

おひろは気軽な笑いを投げて、その門番の口へだんごを一くしずついれてやって、さっさと中へはいっていった。

3

どこのお屋敷にも、出入りの者でひどくみんなにちょうほうがられたり、かわいがられたりするあいきょう者がいるものだった。

この霊岸島の柳沢家の下屋敷では、おひろがそれだった。年は十四で、身なりは娘と子どもの中間。

いつもニコニコ笑っている顔が、おかめの面によく似ている。

渋い顔の門番までが、おひろを見ると相好をくずした。おひろのほうは邪心がないので、笑顔を見せる者は、みんな自分の友だちのように思い込む。

おひろは女中たちの出入りする台所わきの玄関で、だんごのさらをかざすようにして、

「こんにちは、おひろでございますよ」

と、歌うように声をかけた。

「おや、おひろちゃんの声らしい」

その声を耳にした者ならば、だれでも笑顔になって出てくるのだから、おひろの人気はたいしたものだった。

それというのも、下屋敷にはしかつめらしい侍の出入りが少なく、みんなたいくつしきっているからでもあった。

もともと、美濃守がこの屋敷に見えるようなことはないといってよく、ここには愛妾できげんを損じたふたりの女性と、上屋敷で何かそそうのあった女中たちが十四人、男は門番以下八人だった。

上屋敷ではここへ移される女中を、島流しと呼んでいるそうな。しかし、おひろはそ

んなことは知らない。

きょう彼女の声に答えて出てきたのは、お時という二十三、四の女中だった。なんでも、上屋敷で美濃守の手がつこうとしたときに、かんたんに断わったのが、この屋敷に流される原因だったとか。

「おや、おひろちゃん、きょうはどなたのおあつらえ」

おひろは首をすくめてフフッと笑った。

「だれかの注文でないときには、おだんごは食べないんですか」

「これはごあいさつですね。でも、お八つどきにそんなものを見せびらかすのは罪でしょう」

「お時ねえさんは、ほら、二か月ばかりまえに……そうそう梅見の夜だったわ。舟でこへ送りつけられた人、覚えていませんか」

「二か月ばかりまえ……」

お時はなんの警戒もなく考えて、

「そんなら、男の人と女の人といっしょに来たんじゃないの」

急に何か思いついた表情で声を低めた。

「そうそう、男の人といっしょだった」

「シーッ。おひろちゃん、あの人たちのことならば大きな声でいってはいけないのですよ」

「あら、どうして？」

「そんなわけをわたしたちが知るものですか。でも、そんなこと、どうしておひろちゃんは知っているの？」

「あら、その女の人が、あたしの知っている人に似ていたんですもの」

おひろは屈託なくすらすらといってのけた。

「いいわ。その人が、もし似ていただけでも。このおだんご、きょう余ったの、ごめんなさい余り物で。で、これみなさんであがっていただきたいの、お志があったら、あの日の女の人にも一くしあげていただけたらと思ったの。いいのよ。やってわるい人ならば」

お時はちょっと小首をかしげかけたが、根があけすけな気性とみえ、

「いいわ。おひろちゃんそういうのなら、晩の食物をはこぶときに届けてあげよう」

おひろはこくりとしたままさらを渡して、もう鼻歌まじりに帰りかけていた。

4

おひろの頭がもう少し微密だったり、きき方が執拗だったりしたら、おそらく、きき出せないことであったにちがいない。

が、彼女の天真爛漫なもの言いが、女中のお時に怪しむすきを与えなかった。

あの夜、ここに運ばれてきた者が、どんなおちどがあって送りこまれたのか、それをみんな知ろうともしなかったし、知る必要も感じなかった。

だが、この下屋敷に住む者で、かれらのいることを知らない者はなかった。

来た夜からふたりいっしょに、水鳥御殿と呼ばれる水牢(みずろう)づきの座敷に幽閉されて、きびしく外出を禁じられている。

この水鳥御殿は、まだ美濃守が二十代のころ寵姫のひとりが嫉妬のあまり気が狂い、美濃守に短刀で切りかかろうとして、特別に送りこまれたへやだとみんなは聞かされている。

あるいはそれは、ここに送られた女たちを、

「――自分たちはまだまだしあわせ」

そう思い込ませるために作られた伝説かもしれなかったが、とにかくここだけはお時の来たときからあいていた。

そこへ女と男とふたりで送り込まれてきたのだから、このあじけない女護が島でうわさにたらぬはずはなかった。

またうわさになってよいほど、その男女どちらもすぐれた似合いの美しさだった。

「――筋書きはわかるような気がするね。女にお殿さまのお手がついているのに、そっと上屋敷であの男とできあった……そうなったら不義はお家の法度で、バッサリ始末はつけないのがお殿さまのご気性。それならば一生いっしょに、同じところで住まわせてやる……そんなことを考えそうなお殿さまじゃ」

いつかここでは身分の隔ても薄らいで、あやしいことばづかいで老女の玉岡がいっていたが、だいたい今ではその意見がみんなの頭を支配しだしている。

一生男と縁を断たれた生活もあじけないものだったが、明けても暮れても日のささぬへやを出られぬふたり暮らしもたまらなかろう。しかも、三間に仕切られたそのへやの最後の一間は、石をたたんだ海につづき、いつも海水が満ちたりひいたりしているのだった。

お時ばかりでなく、みんなだれもその男女の名を知らない。それで、だれが言いだしたのか水鳥さんと呼ばれている。

その水の上のおしどりの膳に、お時は二本、おひろのくれただんごのくしをのせて、三段に床からさがっているへやにはいっていった。

このへやだけ夜のあかりは許されていなかった。それで、まだ外の明るいうちに運んでやるのだったが、それでもすでにま下のへやなどはまっくらだった。

「夕飯を差し上げますよ」

いつも入り口で声をかけるとボーッと白く浮いて見える女はうごかず、男のほうが膳をとりにやって来た。

が、きょうはおひろの話をしてやろうと思って、声をかけたままお時はへやへはいっていった。

「あなたがたは、向かいの茶店のおひろという娘を知っていますか」

「えっ？」

と、男が答えて、白い影が二つにわかれた。

「おやおや、これはおじゃまだったかしら」

小腰をかがめてそういうと、女の泣き声がしめったひびきで耳を打った。どうやら、女は男のひざにもたれて泣いていたらしい。

5

「このおだんごをね」

と、お時はいった。

「向かいの茶屋のおひろちゃんが、あちらにあげてくれといっておいていきましたよ」

「向かいの茶屋の……?」

受け取ったのはまぎれもなく格之丞。

「かたじけない」

と、頭を下げて、お時が出てゆくと、いそいそと白い影に膳をささげて近づいた。

「千鶴どののおよろこびなされ。どうやらこれで、池の端へ連絡がついたとみえる」

「まあ……それはまことでしょうか」

千鶴は涙をふくと、身をのり出して膳の中をのぞきこんだ。

（だんごの中に何かしのばせてあるのでは？）

ふたりは期せずして一くしずつとりあげて、子細にそれを砕いてみた。

何も変わったものではない。

千鶴のやつれた顔に、ありありと失望のいろがうかんだ。格之丞だけはそれを力づけようとして、

「いや、これにはきっと何かの意味がある。いることはわかったゆえ、力を落とすなというなぞか……」

つぶやいてはみたものの、かれの心もまっくらだった。

格之丞は千鶴に、自分の身分は打ち明けたが、千鶴の出生にからまる秘密は聞かせなかった。ご老公の姫と知るより、筆匠の娘と思い込んでいるほうが、不幸の荷はかるかろう。しかし、仕え方はきちんと姫に対するつもりであった。

千鶴にはそれがたまらなかった。

身分ある水戸の武士が、町人の娘にやさしすぎる。

（もったいない……）

と、思うこころが、いまでははげしい恋になろうとしていた。

「千鶴どの、さ、食事にいたそう」

「はい……」

ふたりはしばらく黙ってはしをうごかしだした。

あの夜――

すでに千鶴は、自分のからだはないものと思い込んでいたのである。それが、いきなり燈籠のかげからおどり出た黒い影に当て身を入れられ、気がついたときは、用心ぶかくへいぎわに掘り回された落とし穴であった。

その穴も水につづいていて、ふたりはすでに小舟に移され、それからここに運ばれたのであったが……。

「格之丞さま」

そっと食事のはしをおくと、千鶴はまた思い出したように声をしめらせた。

「やはりわたしは、わたしにかまわずあなたにここを出ていただきとうございます」

格之丞はちらりと千鶴を見たきりで、答えなかった。

「あなたおひとりならば、じゅうぶんここから逃げられます。わたしのために、いつまでもこのご苦労はさせられませぬ」

格之丞は食事を済ますと、黙ってお膳を入り口まで持っていった。

高い窓からわずかな夕がたの日がさしこみ、どこかで鴉（からす）が鳴いていた。

「それほど監視がきびしいとも思われませぬ。お膳を取りに来る女中のあとから——どうぞそうなされてくださりませ。そのほうが千鶴は心が楽でございます」

格之丞は、千鶴のそばへもどってくると、大きくため息しながら舌打ちした。

「また同じことを繰り返される。およしなされ」

6

「いくら申されても同じこと。拙者ひとりでここを出てはゆけませぬ」

格之丞がきっぱり言いきると、千鶴はまた声をころして泣きだした。

事実格之丞ひとりで逃げる気ならば、それはけっして不可能なことではあるまい。しかし、それはなしえないと見てとっている吉保だった。

格之丞が千鶴を救おうとしたのは、老公の血筋と知ってのこと。

「――老公の姫をのこして逃げうるものか」

どこかでそう計算して、あざ笑っているのがわかる。

「格之丞さま」

「いまのことなら、なんと言われてもむだでござるぞ」

「なぜ、あなたさまはそのようにこの千鶴をおかばいなされまする？」

「それは……同じ水戸の、ご老公の知己の娘ゆえ……と、幾度も申したことではないか」

「でも、それが千鶴にはふにおちませぬ。命がけで柳沢さまの邸内へしのばれたうえ、ここでまたこうしたお心づかい。格之丞さま、千鶴にはあなたさまのなされ方がわかりませぬ」

「わかろうと、わかるまいと、出てゆけぬ者はやむをえまい。拙者が出てゆけば、千鶴どのは切られるのにちがいないのだ」

「格之丞さま……」

「なんといわれる？」

「千鶴はこうして長らくおそばにいると、だんだん苦しくなってゆきます」

「よけいな気づかいだ。おやめなされ」

「でも、りっぱなお侍ひとりをわたしのために……」

そういうと、千鶴はまたたまりかねたように格之丞のひざにすがった。

千鶴は、格之丞に千鶴を愛しているゆえ立ち去られぬ――そういってほしかった。

どこかで千鶴を見そめたゆえ、その恋にいのちをかけているのだと聞かされたら、どんなに心が楽になろう。

「格之丞さま、ご本心をおっしゃってくださりませ。でなかったら、どうぞあなたのお手でわたしを殺して……」

格之丞はくちびるをかんで黙っていた。

妹のお藤とちがって、姉の千鶴の訴え方には惻々（そくそく）とした憂いがこもっていてつらかった。

「はじめわたしは……」

と、こんどは千鶴がひとりごとのように言いだした。

「あなたが、藤井さま一派のなされ方を憤って、わざわざじゃまに来られたもの……そう思っていましたが、それにしては、あなたのお優しさがすぎまする」

「…………」

「おなごというは身がってなもの。そのお情けにいつからか、はかない思いをこがすようになりました」

「…………」

「もしやわたしのような者を……そう思うと、このままこの暗いへやに閉じこめられていたいような……ところが、あなたさまは、お優しい心づかいの裏で、いつもわたしをつき放される。つき放されるほどならば、死んだがましでございます」

格之丞は、いぜんとして石のように動かない。かれとお藤の事を打ち明けたものかどうか。いや、はじめから打ち明けると、千鶴の身分に触れなければならなくなり、いまさら打ち明けると千鶴ははじらって自殺しそうなおそれがあった。

「格之丞さま」

千鶴はまた思いつめた様子で、そっと下から格之丞のおとがいに手をかけた。白い暖かい指……。

7

格之丞はおもわず顔をそむけて、

「そろそろ日がおちてゆくらしい」

と、ことばをそらした。高窓の明るさがだんだん消えて、思いつめた千鶴の息づかいがはっきりと感じられた。

「格之丞さま、どうぞ千鶴を殺してくださりませ」

「ばかなこと……」

「いいえ、ばかなことではありませぬ。それよりほかに、あなたの助かる道はない。あなたのお手にかかれば千鶴は本望でございます」

格之丞はだんだん呼吸が苦しくなった。かれが、千鶴の心に気づいたのは、もう半月ほどまえであった。もしお藤とあのような出奔のしかたをしたのでなかったら、あるいは格之丞も拒みきれなかったかもしれない。

お藤はしかれた。が、ご老公の血筋と知った千鶴をしかることはできなかった。古い武士の義理観念が、どこかに根づよく巣くっている。

うっかりするとことばまでが改まってゆきそうで、自分ながらハラハラした。

「千鶴どの」

「はい」

「あなたの心はわからぬではない。が、ここで絶望してはならぬのだ。どんなことがあっても、ふたりそろってここを抜け出す日を待とう」

「いいえ、それはもはやあきらめました。千鶴がついていたのでは、格之丞さまを苦しめてゆくばかり。どうぞあなたの手で切って、ひとりでのがれてくださいませ。そとの事情は、あなたのお働きを待っておりましょう」

「拙者はもう答えぬ、いくらいわれてもむだなことだ」

「ご家中に、ご老公のご意見にそむく紋太夫の一派があると聞いては、あなたをとどめておけませぬ」

「…………」

「お願いでございます！　このとおり……どうぞ」

手を合わされて、格之丞は目をつむった。

老公の姫と知る人から、手を合わせておがまれては純な血潮は逆流する。

娘の本心は、自分の愛情をのぞんでいるのだ。それだけが、ここに閉じこめられたふたりの心に希望となごみを与えるのなら、それもまた……思いかけては、そんなバカな！　と自分をしかった。

閉じこめられて、朝夕起居を共にしている。

その時間の無聊な長さが、いつしかお藤の面影を薄くして、じりじりと運命の糸をしぼる。

ときにはお藤の夢を見ていて、千鶴を腕に抱きとろうとしていることすらあった。

「ねえ格之丞さま、あなたのお手で切られてゆくのが、この世での千鶴のしあわせ……千鶴はあの世であなたの妻……そんな気持ちでいとうございます」

ふたたびひざに面を伏せて泣かれると、そのまま涙のぬくみがしみとおった。泣く者も泣かれる者も小刻みにふるえてゆく。

「千鶴どの……」

しばらくして、格之丞は突きはなすように、相手から身をひいた。

「拙者にあなたを切れぬわけ、思いきって打ち明けましょう」

「えっ？　それではこれほど頼んでもあなたさまはなあ……」

「拙者に切れるお人ではない。あなたさまはなあ……」

と言いかけて、さすがに格之丞はどきりとした。

（はたしていっていいことなのかどうか……）

「あなたさまをまもれ、あなたさまを殺すなとは、実はご老公のお言いつけなのだ」

「え、ご老公の……」

千鶴はそっと首をかしげていぶかしげに格之丞の顔をあおいだ……。

8

「ご老公がなんで、わたしなどを……」

「それは……それは知らぬ」

と、格之丞はあとを濁した。

「拙者はな、いや武士というものは、主君の命に従うだけ。そのわけまでは拙者は知らぬ」

千鶴はしばらく口をつぐんで、まばたきもせずに格之丞を見つめてゆく。格之丞はその視線がたまらなくつらかった。

「うそをおっしゃる」

やがて、千鶴はぽつりとつぶやくと格之丞のひざをはなれた。

どうやら格之丞が千鶴の愛情をおそれて、老公の名まで持ち出したものと思ったらしい。

事実、真実を打ち明けようかどうかと迷っている格之丞の表情には、そうしたあいまいさはじゅうぶんにあった。

「うそではない。ご老公が……」

「格之丞さま！」

「なんとなされた」

「千鶴は町家に生まれたことをのろいます」

「これはおかしなことをいわるる」

「いいえ、わかりました。わたしが町家の生まれゆえ、武士の心はわからぬ女……武士の妻にはなれぬ女と、ご警戒なされている……お許しくださりませ。今まで千鶴は、思いあがっておりました」

「これはいよいよ思いもよらぬ」

「もうご無理は申しませぬ。お情けについ甘え、身分の違いも忘れていた愚かな女と、はじめて身にしみました」

そういうと、千鶴は声もなく畳に伏して全身をふるわしだした。

すでにあたりはほの暗く、うち伏した千鶴の姿がしだいに白くぼやけてゆく。

(ご老公の姫君が自分に向かって身分の相違を言いたてる……)

格之丞ははらわたをかきむしられるようであった。会話のない数刻がすぎた。

今夜は膳もとりに来ず、いちばん下のへやにはひたひたと満潮のはいってくるのがわかった。

「潮の香がつよくなりました……」

まっくらになったへやのうちで千鶴の声が、秋の虫を思わすひびきで格之丞の耳朶をたたいた。

「千鶴の心はようやく思い定まりました。あなたのお手は借りずに、ひとりで死にます……町人の娘は娘らしく、……あすから食事を断ってゆきます。どうぞ、それだけお許しなされませ」

その声の悲しさは、格之丞の心臓にそのまま刺さった。

「姫！」

おもわず叫んでびっくりして、

「千鶴どの！」

格之丞はやみの中の相手のからだをさぐりあてると、そのままひしと肩を抱いた。

「切って進ぜよう……それほどまでに言わるるならば……」

「え？　それはまことでございますか」

格之丞はやみの中でつづけざまにうなずいた。

「切って進ぜよう。いや、ただ千鶴どのを切るだけではなく、その場で拙者も切腹しよう。どうやら、そうした星の下に生まれてきたらしい」

「格之丞さま！」

「千鶴どの……」

ふたりは抱きあったまま、声をぬすんでまたはげしくすすりないた。

みち潮にのってまぎれ込んだとみえ、いちばん下の間の海水の一角で、夜光虫がポーッと青く燃えている。

本作品中に差別的ともとられかねない表現が見られますが、著者がすでに故人であることと作品の文学性・芸術性に鑑み、原文のままとしました。

（春陽堂書店編集部）

春陽文庫

水戸黄門　上巻

2023年4月20日　新版改訂版第1刷　発行

著者　山岡荘八

発行者　伊藤良則

発行所　株式会社　春陽堂書店
〒一〇四―〇〇六一
東京都中央区銀座三―一〇―九
KEC銀座ビル
電話〇三（六二六四）〇八五五（代）

印刷・製本　株式会社　加藤文明社

ISBN978-4-39490441-0 C0193